卡夫 編著

截句選讀

截句詩系 **14**

25

臺灣詩學 25 週年 一路吹鼓吹

【總序】
與時俱進‧和弦共振
──臺灣詩學季刊社成立25周年

蕭蕭

　　華文新詩創業一百年（1917-2017），臺灣詩學季刊社參與其中最新最近的二十五年（1992-2017），這二十五年正是書寫工具由硬筆書寫全面轉為鍵盤敲打，傳播工具由紙本轉為電子媒體的時代，3C產品日新月異，推陳出新，心、口、手之間的距離可能省略或跳過其中一小節，傳布的速度快捷，細緻的程度則減弱許多。有趣的是，本社有兩位同仁分別從創作與研究追蹤這個時期的寫作遺跡，其一白靈（莊祖煌，1951-）出版了兩冊詩集《五行詩及其手稿》（秀威資訊，2010）、《詩二十首及其檔案》（秀威資訊，

2013），以自己的詩作增刪見證了這種從手稿到檔案的書寫變遷。其二解昆樺（1977-）則從《葉維廉〔三十年詩〕手稿中詩語濾淨美學》（2014）、《追和與延異：楊牧〈形影神〉手稿與陶淵明〈形影神〉間互文詩學研究》（2015）到《臺灣現代詩手稿學研究方法論建構》（2016）的三個研究計畫，試圖為這一代詩人留存的（可能也是最後的）手稿，建立詩學體系。換言之，臺灣詩學季刊社從創立到2017的這二十五年，適逢華文新詩結束象徵主義、現代主義、超現實主義的流派爭辯之後，在後現代與後殖民的夾縫中掙扎、在手寫與電腦輸出的激盪間擺盪，詩社發展的歷史軌跡與時代脈動息息關扣。

　　臺灣詩學季刊社最早發行的詩雜誌稱為《臺灣詩學季刊》，從1992年12月到2002年12月的整十年期間，發行四十期（主編分別為：白靈、蕭蕭，各五年），前兩期以「大陸的臺灣詩學」為專題，探討中國學者對臺灣詩作的隔閡與誤讀，尋求不同地區對華文新詩的可能溝通渠道，從此每期都擬設不同的專題，收集

專文，呈現各方相異的意見，藉以存異求同，即使
2003年以後改版為《臺灣詩學學刊》（主編分別為：
鄭慧如、唐捐、方群，各五年）亦然。即使是2003年
蘇紹連所闢設的「臺灣詩學・吹鼓吹詩論壇」網站
（http://www.taiwanpoetry.com/phpbb3/），在2005年
9月同時擇優發行紙本雜誌《臺灣詩學・吹鼓吹詩論
壇》（主要負責人是蘇紹連、葉子鳥、陳政彥、Rose
Sky），仍然以計畫編輯、規畫專題為編輯方針，如
語言混搭、詩與歌、小詩、無意象派、截句、論詩
詩、論述詩等，其目的不在引領詩壇風騷，而是在嘗
試拓寬新詩寫作的可能航向，識與不識、贊同與不贊
同，都可以藉由此一平臺發抒見聞。臺灣詩學季刊社
二十五年來的三份雜誌，先是《臺灣詩學季刊》、後
為《臺灣詩學學刊》、旁出《臺灣詩學・吹鼓吹詩論
壇》，雖性質微異，但開啟話頭的功能，一直是臺灣
詩壇受矚目的對象，論如此，詩如此，活動亦如此。

　　臺灣詩壇出版的詩刊，通常採綜合式編輯，以詩
作發表為其大宗，評論與訊息為輔，臺灣詩學季刊社

則發行評論與創作分行的兩種雜誌,一是單純論文規格的學術型雜誌《臺灣詩學學刊》（前身為《臺灣詩學季刊》）,一年二期,是目前非學術機構（大學之外）出版而能通過THCI期刊審核的詩學雜誌,全誌只刊登匿名審核通過之論,感謝臺灣社會養得起這本純論文詩學雜誌;另一是網路發表與紙本出版二路並行的《臺灣詩學‧吹鼓吹詩論壇》,就外觀上看,此誌與一般詩刊無異,但紙本與網路結合的路線,詩作與現實結合的號召力,突發奇想卻又能引起話題議論的專題構想,卻已走出臺灣詩刊特立獨行之道。

臺灣詩學季刊社這種二路並行的做法,其實也表現在日常舉辦的詩活動上,近十年來,對於創立已六十周年、五十周年的「創世紀詩社」、「笠詩社」適時舉辦慶祝活動,肯定詩社長年的努力與貢獻;對於八十歲、九十歲高壽的詩人,邀集大學高校召開學術研討會,出版研究專書,肯定他們在詩藝上的成就。林于弘、楊宗翰、解昆樺、李翠瑛等同仁在此著力尤深。臺灣詩學季刊社另一個努力的方向則是獎掖

青年學子，具體作為可以分為五個面向，一是籌設網站，廣開言路，設計各種不同類型的創作區塊，滿足年輕心靈的創造需求；二是設立創作與評論競賽獎金，年年輪項頒贈；三是與秀威出版社合作，自2009年開始編輯「吹鼓吹詩人叢書」出版，平均一年出版四冊，九年來已出版三十六冊年輕人的詩集；四是興辦「吹鼓吹詩雅集」，號召年輕人寫詩、評詩，相互鼓舞、相互刺激，北部、中部、南部逐步進行；五是結合年輕詩社如「野薑花」，共同舉辦詩展、詩演、詩劇、詩舞等活動，引起社會文青注視。蘇紹連、白靈、葉子鳥、李桂媚、靈歌、葉莎，在這方面費心出力，貢獻良多。

臺灣詩學季刊社最初籌組時僅有八位同仁，二十五年來徵召志同道合的朋友、研究有成的學者、國外詩歌同好，目前已有三十六位同仁。近年來由白靈協同其他友社推展小詩運動，頗有小成，2017年則以「截句」為主軸，鼓吹四行以內小詩，年底將有十幾位同仁（向明、蕭蕭、白靈、靈歌、葉莎、尹玲、黃里、方

群、王羅蜜多、雲朵、阿海、周忍星、卡夫）出版《截句》專集，並從「facebook詩論壇」網站裡成千上萬的截句中選出《臺灣詩學截句選》，邀請卡夫從不同的角度撰寫《截句選讀》；另由李瑞騰主持規畫詩評論及史料整理，發行專書，蘇紹連則一秉初衷，主編「吹鼓吹詩人叢書」四冊（周忍星：《洞穴裡的小獸》、柯彥瑩：《記得我曾經存在過》、連展毅：《幽默笑話集》、諾爾·若爾：《半空的椅子》），持續鼓勵後進。累計今年同仁作品出版的冊數，呼應著詩社成立的年數，是的，我們一直在新詩的路上。

　　檢討這二十五年來的努力，臺灣詩學季刊社同仁入社後變動極少，大多數一直堅持在新詩這條路上「與時俱進·和弦共振」，那弦，彈奏著永恆的詩歌。未來，我們將擴大力量，聯合新加坡、泰國、馬來西亞、菲律賓、越南、緬甸、汶萊、大陸華文新詩界，為華文新詩第二個一百年投入更多的心血。

2017年8月寫於臺北市

【推薦序】
截句的五十種讀法
——《截句選讀/卡夫》序

白靈

　　詩是日常語言的一種脫困方式，介在說與不說之間，既說得不多，又想說出很多。因此寫詩人不想語不驚人死不休者幾希矣，費盡心力要由纏身的語言中一飛沖天，但往往又忘了語要驚人之句究指何意？寫起詩來多半冗長拖沓，意象繁雜繽紛，動不動數十行者多矣，當然也分不清要驚之「人」指的是閱眾或專家？常以能得四五十行乃至五六十行之詩獎為樂為榮，如此行之數十年未嘗有太大變革。幸好，今年截句一詞在臺灣的出現，為此問題提供了一個反思的機會和可供斟酌的參考答案。

　　回首百年新詩，好的新詩超過二三十行者少矣，大眾嚮往十行以下好的小詩如大旱之望雲霓，卻又乏詩可尋，推動了數十年的小詩運動一直進不入主流詩人眼底。幸好新世紀以來拜網路之賜，近年則拜智慧型手機及臉書大為風行之機緣，小詩露臉機率大大增長。今年更得既古又新的「截句」一詞之增光，四行以下的截句形式漸獲認同，在蘇紹連總舵多年的《facebook詩論壇》一時成為風潮，上網書寫截句之新手老手能手多矣，而且跨地域跨國界跨性別跨時差，日日可見諸多截句繞著地球跑，發表、回應、點評乃至批判。

　　新加坡詩人卡夫即熱心熱情於此者，年內除在臺灣詩學25週年截句系列出版個人《卡夫截句》外，更趕在年底前完成《截句選讀/卡夫》一書，這是目前唯一可見到的評析截句的讀本。對截句此一詩形式陌生者，或不知如何讀出一首截句的好和樂趣者，正可作為參酌，欲進入截句堂奧者，也可當作一本指南和入門書。

　　此書的形成顯然由臉書的《facebook詩論壇》而來，雖然也有小部分的截句只見於詩人個人網頁，但絕大多數均與fb詩論壇有涉。詩家的截句發表後，諸多讀者、評者有了各種即時的回應，常常你來我往，意見相應、相左、互桿、臉紅脖粗均時有所見。而卡夫擠身其中，不慍不火，往往會費較大工夫、更多時間，細斟慢酌，對有感之作品設法給予較完整的分析，讀者對其析評若有不同論點或相反立場，他也樂於回應、乃至虛心反省、或向資深詩人討教，回頭再補正不足漏缺之處。此種網路詩壇才有的析評發表形式和特性是過去平媒詩壇所未見，其即時性、時空壓縮性、回應多元性，給了新詩前所未有的蓬勃機運。加上截句此形式的易讀易寫易論易回應又不易工的特性，在現代網路媒介的世界中，有了極大的討論空間和閱眾更易互動的特質。

　　卡夫此書既是「選」也是「讀」。書中所選的截句雖與其個人主觀的選詩喜好乃至偏好有關，就客觀而言，也果然皆屬佳作。有些詩還是他慧眼獨具的選

擇。當然讀者乍讀有可能看不出所以然來，經其一番導「讀」的解析和點評後，竟隱藏甚多奧妙於短短數行之內，這也可說是他對截句的最大貢獻，比如〈夾在腳下的詩意──讀季閒〈夾腳拖〉〉、比如〈為什麼義肢要取名「自由」──讀葉子鳥截句〉、〈詩的個相與共相──讀離畢華〈真實之物〉〉均如此，短短數行經其一番剖析乃至重解後，發現其中原來玄機處處，值得玩味之處頗多，餘如他讀葉莎、讀蕭蕭、讀蘇紹連、讀靈歌也讀出極多隱藏的趣味，令人對截句的可能和未來充滿期待。

　　而由分輯可知，其中輯一傾向於費力較多、論述較全面、討論細節也更周圓的部分，有時乍看篇幅不多，卻名為精讀，此中之妙，常在一二句之間，或值讀者慢慢體味尋索。當然也因受限於臉書快速下壓、即時性過於緊迫，並無法如一般詩的導讀般長篇大論，僅能迅捷回應，因此即使之後再有增刪，也都有限。有時他還故意「過度解讀」，比如他讀筆者〈櫻花〉、〈你是自己的遠方〉，均具「故意政治化」傾

向，卻又有另闢蹊徑，造成歧義的效果，反而更能讀出一些興味來。

其輯二的簡讀形式自然更看出網路詩壇在時空壓縮下的詩發表後的回應。即使如此，也常能於一二語中見出其讀詩眼力，比如讀千朔（Da Shu）的截句〈月光十三樓〉只說「這是一首充滿視覺效果的詩」，正點出火車遠去時聽到的「一聲聲再見」，在賣便當賣不完之人的眼底有如火車緩慢離去再也難觸及的「一吋吋遠方」，兩個「吋」字在其中正發揮了重要的視覺特效，而其悲情在之後圖像化的雨絲搖擺中更具效果。但截句截自原題與「月光」有關的詩行，詩名反有令人不解之疑。卡夫受限於「簡讀」，難以周全顧及，也正顯示網路回應時的局限。又如卡夫在簡讀王勇〈棄權〉一詩時，引孟子話語，指出貴為領袖若心中無民，與獨夫紂無異，讀王勇此詩更見出「棄」「權」二字在詩中的趣味，也可見出卡夫的用功。餘如讀木瑕的〈撲火〉三行、〈風〉三行，短短數行點評，就使人對其隱意更能了然。

　　因此卡夫選了五十首詩（其實不止）來評讀，等於為讀者開闢了五十條讀截句的小徑，為此新詩史上從未如此命名過的小詩形式，設下一些截句的可能讀法。不可諱言，這是截句在網路詩壇推展時勇敢的前浪，未來還有待更多的截句寫法和讀法出現，卡夫迄今已作了極佳的起步和示範，有心人何妨也摩拳擦掌、熱情投入？

【推薦序】
《截句選讀/卡夫》讀後

劉正偉

　　新加坡詩人卡夫的臉書（FB、面子書）上有句名言：「生命不過是一首詩的長度」，也可說是人生的截句。

　　我與卡夫的交情，算半生不熟，也算有點熟又不太熟、有點黏又不太黏，剛剛好，因為我們也不八卦、不互探背景或隱私，常只就詩論詩，恰如君子之交淡如水。也忘了是怎麼認識他的，但是2016年由明道大學文學院長詩人蕭蕭主辦，以東南亞詩浪潮和劉正偉詩畫展為主題的濁水溪詩歌節，經由數日上山下海到明道大學、日月潭、集集、臺中、田尾等地相

處，又有更深刻的詩人情誼。

　　這次臺灣詩學與吹鼓吹詩論壇為25週年慶，出版15本的截句書，卡夫這本《截句選讀/卡夫》是唯一的一本詩評賞析集，可見其投入與用心。

　　筆者反對大陸式的無題截句，去年由蔣一談推動，並出版十九本的截句書，似乎截句熱亦迅即冷卻，後繼無力。無題則容易流於無主，似片語格言、詩句殘篇。筆者在2012年開始推動「新詩絕句」四行詩運動，出版《新詩絕句100首》，在2015年1月起在《華文現代詩》第五期開闢《新詩絕句》專輯，持續推動小詩運動，迄今不輟。

　　截句，或應稱「截句詩」以與大陸無題截句區別，在「吹鼓吹FB詩論壇」置頂文，蘇紹連與白靈有幾度對截句徵文的說明，詩友也有幾番討論。除了規定行數必須在「四行或四行以內」外，其他沒有明確的規定，可以是新作；可以是舊作截取，可以分段，亦無規定這四行要不要是緊連的四行。

　　提倡截句詩，有兩個意涵：一是希望詩人從舊作

中提煉金句，以環保回收再利用的概念，找出動人的再創作；二是希望新創截句的詩人，在心中醞釀並謀篇佈局時，如提煉黃金般，不斷提煉，務必使拿出來的作品閃亮動人。

　　「截句詩」一詞的出現，是為讓詩更多元化，小詩更簡潔、更新鮮化。也期盼透過這樣的提倡讓庶民更熱衷讀寫新詩。近來此運動引起臺灣詩壇與吹鼓吹論壇截句詩的熱潮，帶動大家的好奇、實驗與寫作，讓截句詩的形式更能成為推動新詩閱讀與寫作的全民運動。

　　綜觀卡夫《截句選讀/卡夫》，分精讀與選讀二輯，想當然耳，就是花費的心力與工夫了。卡夫開篇〈為什麼要寫截句？——讀白靈〈截句的原因〉〉，即以三個要點開宗明義闡述，詩人白靈這臺灣詩學與吹鼓吹論壇截句詩倡導的要義。

　　在〈甘地的言外之意——讀白靈〈甘地〉〉文裡，卡夫說：「『含蓄』是寫詩追求的一種境界。一般有兩個層次，有時候因為有些話不能說、不可說卻

又不得不說，以澆心中之塊壘，只好在內容上含蓄。為了達到此目的，在詩的表現手法上也多採用了含蓄的寫法，比如暗喻或象徵等，使詩有了言外之意、弦外之音的韻味，讓讀詩人可以從中獲得無窮的意蘊。這就是唐代劉禹錫說的『境生於象外』、司空圖說的『象外之象，景外之景』。南宋嚴羽更進一步提出『言有盡而意無窮』，把這種含蓄的意境推至極致。」，文中引經據典闡述詩的要義，原來他是新加坡國立大學中文系畢業的高材生，不似有些沽名釣譽者，喜歡以野雞大學的學位往自己臉上貼金。紮實的工夫，才能路遙知馬力，卡夫是耐操的千里馬。

　　卡夫是聰穎好學、不恥下問者，聽他在寫詩或評的過程，也即時請教蕭蕭、白靈、蘇紹連等前輩，並與筆者多所討論，他往往是一點就通、舉一反三。所以他今天能同時出版《卡夫截句》與《截句選讀/卡夫》，就是他紮實的工夫的呈現，也是這段期間努力成果的展現，可喜可賀。

　　臺灣詩學季刊社與各詩刊，多長期推廣小詩

運動。詩人詩集則有向陽「十行詩」、岩上「八行詩」、劉正偉「新詩絕句」（四行詩）以及林煥彰等人的小詩運動。我們提倡小詩或截句詩，並不是唯一的路，在寫截句的同時，我們也都在寫四行以上的詩。當小詩不能負荷篇幅時，就寫長詩；當可以精鍊如一把匕首時，我們就寫短詩，卞之琳的〈斷章〉是最好的例子。

前言十行、八行、四行詩也好，仍多有嚴格的框架。臺灣詩學與吹鼓吹詩論壇提倡的截句，除了上限四行外，其他希望詩人截句「止所當止」，亦即能兩行、三行即能表情達意、凝煉聚寶者，莫要再刻意畫蛇添足。詩作則能深入淺出最好，深入深出亦無妨，惟仍要求需有詩題，為與詩主題、內容有呼應的效果。

詩路漫漫，惟其堅持！期許詩與評，卡夫都能孜孜不倦的繼續努力寫下去。最後，謹以小文，祝賀臺灣詩學與吹鼓吹詩論壇25週年慶；並祝賀卡夫同時出版《卡夫截句》與《截句選讀/卡夫》，光耀詩壇。

目　次

輯一 | 截句精讀

輯二｜截句簡讀

截句精讀

為什麼要寫截句？
──讀白靈〈截句的原因〉

截句有兩種寫法：一種是從舊作中截取精華四句成詩。一種是只能寫四行以內的小詩。（綜合白靈和蘇紹連的看法）兩種寫法的共同點是，原本可能要長達十數行或更多才能完成的詩，現在只要四行就足以讓讀者開啟一段奇妙的詩想旅程，詩中沒說出來的意思可能比說出來的四行更引人深思。

白靈是截句的倡導者，極力推廣，讀這首詩，感覺他用心良苦，用截句來詩寫「截句的原因」，目的就是要讓人更信服他所提倡的截句。

〈截句的原因〉

匙孔找對鑰匙再糾纏也只能一瞬

你見過鑰匙一直插著不拔的嗎

最精彩的演出是用噴的
煙花燦天後不凋謝還能叫煙花嗎

　　從鑰匙開門的一瞬到煙花燦天，寫的都是「時間」，白靈正是藉著這瞬間發生的事來解說截句的特點。

　　我是從以下三個層次來讀這首詩。

　　第一，截句必需要濃縮全詩的精華，它就有如一把開啟詩人詩想大門的鑰匙，只要我們能找到它，用它開門進入詩後，就可以有更多想像的空間，所以詩一開始如此寫：

　　匙孔找對鑰匙……

　　這是白靈對詩寫截句者的忠告，因為真正好的截句並不多。

　　第二即使是找對了鑰匙，開門也不過是一瞬間的事，我們不能一直糾纏不放，進入後就需要各自解讀，這也正合了《莊子‧外物》中說的：「荃者所以在魚，得魚而忘筌。」好的截句自然也能給讀者多層次的解讀空間，讀者也無須拘泥於詩人原來的詩想。所以，詩接著如此寫：

　　　　你見過鑰匙一直插著不拔的嗎

　　第三煙花燦天，就是指讀詩時剎那間的頓悟，那是一種十分愉悅的感覺，但它卻是如此的短暫。這也是讀詩的一種過程，有些詩任你如何苦思冥想就是無法進入詩的心裡，有些詩卻猶如煙花燦開般，閃亮了你的詩想。

　　如果煙花燦天後不能凋謝，它還能叫煙花嗎？如果一首截句不能像煙花般燦亮你的詩想，讓你有所悟，還能算是好的截句嗎？煙花從燦開到凋謝的時間不長，截句只有四行也不長，也許在分秒間就能讀完

它，但是好的截句卻能讓你的思想如噴泉一樣不斷地
「噴」出一個又一個的煙花……

哪裡是你的遠方？
──讀白靈〈你是自己的遠方〉

　　一首好的截句，重量不亞於一首長詩。它的文字雖精簡，卻能讓人各自解讀，面向豐富。有一次，向白靈請教「作者已死」的課題時，他認為即使解得最靠近作者，仍是局部。意思是作者也不可能掌握作品完整的文本詮釋權，因為文本的歧義性，有些是作者也不知他的文本包含多元解讀的面向。

　　不久之後，就讀到他寫的這首〈你是自己的遠方〉：

　　　你的眼睛連通海
　　　你是你甩得最遠的浮標
　　　波著遠方　被遠方波走

　　海被吵醒說　　什麼是遠方

　　「遠方」在哪裡？「你」是誰？「你」與「遠方」究竟有什麼關係？基於白靈文字誘發多重意會的可能，間或有誤讀，他對閱眾的讀感無可避免地無法掌握，就容我肆無忌憚地從重構詩人創作的意圖，為「遠方」提供一種多元解讀的可能。

　　詩中出現的「海」讓你和遠方構成了一種關係，或者說它把二者隔離了。私大膽假設「你」指的就是當年從大陸撤退到臺灣，目前還健在的老兵，所以第一行如此寫了：「你的眼睛連通海」。

　　他們希望有一日可以不用再「看海」，因為「你是你甩得最遠的浮標」，是誰讓他們在年輕時，為了一個信仰而離鄉背井，被逼成為海上的「浮標」，他們的根在「遠方」嗎？詩第三行「波著遠方　被遠方波走」很無情地告訴他們，掛念著的遠方早把他們「波走」了。

　　詩第四行，更是直接的如此結束「海被吵醒說

什麼是遠方」，白靈藉著海的「覺醒」，反問他們「什麼是遠方」？他提供的答案就在詩的篇名裡，你是自己的遠方，不要再對海另一邊的遠方抱有任何的幻想。

如果我們沿著這個詩路思考的話，表面上看到的「遠方」是一個老兵的悲劇，實際上是折射出兩岸的恩怨情仇。「你就是遠方」無妨看作是以臺灣為本位，涵蓋著更多詩裡不能說、不想說、也不可說的意義，這就讓「遠方」留下更多未及說的思辨可能。

從「老兵」切入讀白靈這首截句，是我自圓其說的一種誤讀。「老兵」已是一個很老的題材，大概不會是他寫「遠方」的動機。

臺灣年輕詩人陳繁齊（1993年－）在2016年寫過一首小詩〈到遠方去〉：「我和妳說／我要到遠方去／一個時間比較慢的國度……」。已故中國詩人汪國真（1956－2015）也有一句在網上廣為流傳的詩句「到遠方去　到遠方去／熟悉的地方沒有景色」〈旅行〉。

　　遠方對許多人來說，可能是遙不可及的，所以它才迷人。也許每個人心中都有一個想去的遠方。不同的人，要去的遠方肯定會不同。對旅人來說，遠方等著他的是陌生的風景；對老兵來說，遠方是再也回不去的年輕故鄉；對城市人來說，遠方可能是他想追求的一方淨土；對詩人來說，遠方其實就是一首一直不會寫好的詩。

　　「你是你甩得最遠的浮標」暗喻了你想去的遠方，有多遠就想去多遠，所以，詩接著如此寫「波著遠方　被遠方波走」。但是詩最後卻是這樣結束的「海被吵醒說　什麼是遠方」，既然遠方可能是無法抵達的，白靈的忠告是，你只好超越遠方，也即是必須超越自己，因為「你」就是遠方。這是我對這首詩另一種試讀的可能。

櫻花的真正意義
——讀白靈〈野營〉

讀白靈〈野營〉，心中出現了這樣的一個疑問，為什麼篝火中蹦出的是「櫻花」，而不是梅花？本文嘗試從「櫻花」隱藏的意義來探討這個問題。

〈野營〉

你的話都從篝火中
蹦出了櫻花

你還忍得住不跟我
往烈焰裡跳嗎

在一般人的想像中，野營是浪漫和令人嚮往的。

夜空下，篝火旁，卿卿我我，情話綿綿，最後是慾火焚身，誰能忍得住不往烈焰裡跳？

　　從「你的話」（言語）到跳入「烈焰」（行動），櫻花是一個重要的關鍵，與詩中的野營和篝火相比，它是一個「殊相」，會產生歧義。

　　櫻花是日本的國花，生命很華麗，也很短暫。這兩點是我思考這首詩的主要依據。你的話蹦出了「櫻花」，這是多麼動人的情話，會使人情不自禁地愛在一起。

　　不過，私以為這不是白靈寫這首詩的真正用意。

　　他選擇「櫻花」必然是經過一番的深思熟慮。也許他指的是許多臺灣人強烈的「日本」情意結，尤其是某些政治人物，他們說的話很有影響力，「你還忍得住不跟我／往烈焰裡跳嗎？」這句話讀來真的是百般滋味在心頭，這裡指的「烈焰」與先前浪漫的解讀是完全不一樣的，需要你細細地去體味其中隱含的深刻意義。

一張充滿動感的照片
——讀白靈〈駛離馬祖〉

〈駛離馬祖〉這首截句是白靈多元截句寫法之一，我嘗試把它當成一張照片來閱讀：

　　站在船舷，看著北竿載著

　　落日駛離，接著運走了亮島

　　然後東湧燈塔從眼角開走

　　開進黑夜時只剩一整船的濤聲

　　我不熟悉「北竿芹壁村」、「亮島」和「東湧燈塔」（東引島燈塔）。讀了這首截句後，我長了不少地理知識，這大概是讀詩的另一種收穫。

　　這是一張以全景模式拍攝，充滿動態的照片。我

　　想像他就站在船的兩旁，當船駛離馬祖時，眼前島嶼景物次序由遠而近，又由近漸遠，天色由淺到深，他不但即刻把這張層次分明的照片攝入心底，而且還用「文字」把它沖洗了出來，建構一個離別的鮮明場景與動感的意境。

　　文字是平面的，白靈巧妙地運用了「空間」和「時間」順序的寫法，藉著景物時空的距離，製造了一種視覺的動感。我嘗試把詩重組如下：他「站在船舷」（拍攝的角度），看著「北竿載著落日駛離／接著運走了亮島／然後東湧燈塔從眼角開走」。其實景物是駛不離的，是他（船）在駛離，但是從視覺上看，彷彿是它們在駛離，這就讓照片有了空間的距離感。他在詩裡連續強調了「駛離」、「運走」與「開走」，實際上是要表達自己那依依不捨的矛盾心理。

　　詩的結束「開進黑夜時只剩一整船的濤聲」，通過了這時間的改變（從落日到黑夜）不但是延伸了第一節的詩意，還為他這種感覺做了最好的詮釋。他確實是駛離了，可是把馬祖的濤聲也一起帶走了。濤聲

象徵的不正是他這段期間的美好回憶嗎？我說這是一張動態的照片或全景式的照片（與時間有關／空間因時間而漸變），會讓讀者更瞭解其實照片是一直在變化著。也就是說，白靈用反客為主的寫法，描寫不捨的離情。前三行一段描寫景物與時間的遞變，最後一行「開進黑夜時只剩一整船的濤聲」單獨一行，更顯喧嘩中的落寞與孤獨的心境。

甘地的言外之意
——讀白靈〈甘地〉

　　新詩「截句」是近期臺灣吹鼓吹論壇臉書（面子書、FB）網站，蕭蕭、蘇紹連、白靈等詩人大力推廣的新詩體實驗形式，常常有好詩與對話出現。

　　白靈的這首「截句」〈甘地〉，讓人眼睛為之一亮。白靈自述說：「甘地不是英雄，既不騎馬打仗，沒有一支軍隊，最後卻使日不落國屈服，降旗撤軍，退出印度。他只會紡紗，只會絕食，爭自由爭民權平族爭，就是靠空出一隻胃，胃空了，就裝進了整個印度，這是他、也是世界史上最強悍的武器。他一輩子又沒拿過槍，最後卻死於槍下。他的確不是英雄，他被稱為聖雄。」的確，他的詩序亦如詩般亮眼：「靠空出一隻胃／胃空了／就裝進了整個印度」，讓人佩服與欣喜。

　　白靈的截句詩〈甘地〉充滿諸多詩應有的言外
之意：

　　　跋涉沼澤越林過山，穿隙市集
　　　單闖槍口，獨面胃之洪荒

　　　焦渴難當，我才爬出他的傳記
　　　縮如灰塵，開始為他的印度哭泣

　　「含蓄」是寫詩追求的一種境界。一般有兩個
層次，有時候因為有些話不能說、不可說卻又不得不
說，以澆心中之塊壘，只好在內容上含蓄。為了達到
此目的，在詩的表現手法上也多採用了含蓄的寫法，
比如暗喻或象徵等，使詩有了言外之意、弦外之音的
韻味，讓讀詩人可以從中獲得無窮的意蘊。這就是唐
代劉禹錫說的「境生於象外」、司空圖說的「象外之
象，景外之景」。南宋嚴羽更進一步提出「言有盡而
意無窮」，把這種含蓄的意境推至極致。這也正是我

讀白靈詩〈甘地〉得到的感受。

　　白靈曾如此簡略說明何謂「胃之洪荒」，並帶出了甘地的一生。甘地（1869－1948）一生自1913年起先後進行過18次絕食抗爭。他是世界公認採此非暴力抗爭模式（non-violent resistance）第一人，但效果不一。甘地曾在1922、1930、1933與1942年時入獄，於獄中進行絕食以抗議英國對印度的殖民。末次於印度獨立前夕，印度教徒與回教徒相互殘殺，他於70歲高齡仍進行絕食21天以籲團結，撼動印度全民。此種終生獨自以「一胃」之空之自苦，為印度之自由和平抗爭的行徑，顯非常人所能。

　　〈甘地〉詩的第一節，白靈只用了短短的22個字就總結了甘地輝煌的一生。

　　古往今來，偉人何其之多，為什麼他獨鍾愛寫甘地呢？這也正是他寫這首詩的目的。印度與中國都是世界四大文明古國之一，許多評論家都喜歡拿印度和中國來作比較，看起來中國比印度發展得更好，這是許多人引以為榮，沾沾自喜的，但是「印度何其有幸

有一甘地，不動槍動刀動手，即令敵束手」。（轉引白靈）反觀中國與臺灣百年近代史，梟雄數不勝數，視人民為草芥，人命如灰塵，常為謀一己之私利而不惜自相殘殺，血流成河。真正能跋山涉水，深入民間，瞭解民生之疾苦者能有幾人？

　　白靈明寫印度，實際要藉此對照中國和他身處的臺灣。

　　他寫甘地一生的輝煌事業，也正是要對那些滿手沾滿鮮血的所謂「英雄」，做出最強烈的諷刺與譴責。他是一個學者與詩人，無法力挽狂瀾，卻又不願隨波逐流。他說：「爬出他的傳記／開始為他的印度哭泣」，詩多歧義，其實他明寫甘地之於印度；言外之意則是他寫了這首詩，他也只能靠寫詩，在詩裡為中國和所熱愛的臺灣哭泣。

銅像的虛偽
——讀白靈〈銅像〉

讀白靈這首詩，我讀出了一種歷史觀。

〈銅像〉

一尊銅像站起身　玩空所有的廣場
一旗主義揮揮手　就招齊了一整個年代的魂
一句口號出口　轉彎還能射穿人心
而僅僅因一椿偶然　竟啃盡已然必然和未然

　　年輕時曾經充滿理想，嚮往所謂的英雄，對那
些能被立為銅像的英雄肅然起敬，尤其讀到對岸的歷
史，在那烽火連天，動盪不安的大時代裡，「英雄」
們都奮不顧身，前赴後繼，為信念拋頭顱灑熱血也在

所不惜，殊不知大多數的他們最後不但無法享受到勝
利的果實，有些甚至還成為野心家政治宣傳的工具。
只有那些被「選」立為銅像的英雄們才能永遠活著，
但他們即使是高高地俯視著整個廣場，也就只能有一
種站著的姿勢，他們失去了話語權。

　　詩的第一句：

　　　一尊銅像站起身　　玩空所有的廣場

　　「玩空」正是白靈兄對這歷史的荒謬做的最無
情的諷刺。是誰讓銅像「站」起身？哪個銅像會被選
中而站起身？他沒說，但我們是心照不宣。玩空的
「空」具有深刻的意義，這裡不是指空無一人，而是
指整個廣場裡一個也不漏掉的意思。銅像似乎是孤獨
的，其實廣場裡都是仰望的群眾。你以為他頭頂著天
腳踩著地就不會說謊嗎？其實正是因為他被選為銅
像，群眾才會相信他，野心家就利用了這種盲目崇拜
的心理，玩弄歷史的真相，愚弄所有的群眾，達到了

個人的政治目的。

　　單靠冰冷的銅像還不足以讓群眾死心塌地的跟隨，所以必需要有能吸引群眾信仰的信念，這就是接下來詩的第二句：

　　一旗主義揮揮手　　就招齊了一整個年代的魂

　　英雄為主義服務，他的「偉大」貢獻自然能感動與號召更多的群眾加入，他活得偉大，死得光榮，為實現「主義」鞠躬盡瘁。即使他死了，還會有更多更多的英魂接踵而來……

　　詩的第三句：

　　一句口號出口　　轉彎還能射穿人心

　　銅像站起身後，要如何讓群眾清楚明瞭他為主義奮鬥的一生呢？野心家按照自己的需要把他的「偉大」事蹟濃縮在一句句宣傳的口號裡。即使它們是

「轉彎」了，由於群眾已經被澈底洗腦，所以不會有
任何人懷疑這些口號背後的政治目的。與第一句的
「玩空」一樣，「轉彎」十分生動又形象地對他們做
了最無情的諷刺。

　　白靈是個詩人，不是一個政治家，也不是一個革
命者，即使他看出歷史的真相和銅像的虛偽，他最後
也不做任何價值的判斷，只是選擇從一個「詩人」
的角度來總結他的看法。所以，詩的第四句是如此結
束的：

　　　　而僅僅因一樁偶然　　竟啃盡已然必然和未然

　　「時勢造英雄」，英雄能成為銅像是時勢偶然
造成的，有時候他們是身不由己，所以白靈兄才會感
嘆，「竟啃盡已然必然和未然」，無論是前世、今生
或來世，他們都已被命運安排了，無處可逃。

　　在專制政權的統治下，銅像、主義與口號是他們
精神奴化人民的重要工具。讀白靈這首詩，你需要把

「廣場」放大，它可能是一個國家、一個政權或一種
革命的象徵，所以在這個廣場裡站起身的銅像就含有
多層的意義。全詩的最亮點應該就是結束的第四句，
「已然必然和未然」留下了很多值得你去思考與玩味
的空間。

有一天臉書作古後
──讀白靈〈有一天臉書〉

　　古書、古井和女子究竟和臉書如何構成關係，這
是我讀白靈這首詩後產生的一個疑問。

　　〈有一天臉書〉

　　　到那時我們會圍坐一本古書
　　　打開某一頁挖的一口古井
　　　有人伸手撈起井壁一綹長髮

　　　開始吧：第一個跳井的女子是誰

　　詩篇名「有一天臉書」給了我讀這首詩的一個主
要線索，若干年後，當臉書變成古書後，就像今天我

們讀古時的四書五經一樣，感覺好遙遠，但是對當時的讀書人來說卻是必讀之經典。

　　我們讀古書要淘的是古人的智慧，可是白靈卻以為當臉書「作古」後，以後的人們撈起的是「一綹長髮」，我不敢由此評斷他對臉書的看法，不過他選擇女子跳井作為詩中的一個意象，必然是經過一番的考量。

　　古井深不可測，投進去的人沒有機會回來告訴我們她的感受。她們可能被淹死、可能被不知什麼活在裡頭的怪物咬死、也可能未到井底就昏死、更有可能是活活餓死，總之她們的結局是必死無疑，這也正好呼應了臉書Facebook的中文直譯「非死不可」。這是白靈對今之女子沉迷臉書以至不能自拔的一種隱喻嗎？

　　古之女子投井有「非死不可」的理由，今之女子每天樂此不疲地從井裡爬進爬出，有時還攜手並肩跳井，豈是後人能理解的。白靈是從男性的角度藉此對今之女子沉迷臉書「幽了一默」，哪沉迷臉書的男子

呢？這是詩沒說的部分，留待女子去思考。

　　我感到好奇的是，這首詩發表後，不但沒有遭受到女權主義者的非議，還獲得許多女性的討論，猜測自己是第一個跳井的人嗎？白靈與我討論這首詩時說：「臉書是自由平臺，顯示女性不愛被制約、可不受控、因此樂於展示自身。像選擇如何生活、如何『非死不可』的方式一樣。」這正是他高明的地方，他透徹瞭解女性活躍臉書的心態，所以他成功地主導了這首截句討論的方向。

　　開始吧：第一個跳井的女子是誰

　　我以為詩這最後一行隱含著的才是白靈寫這首詩的真正目的。前三行都是在為它做鋪墊。今之女子對臉書趨之若鶩，可是以後誰還會記得臉書，因為隨著時間的改變，有一天臉書必然會被更新的玩意兒取代。當人們圍著這本古書淘到那絡長髮後，開始八卦的是，誰才是第一個跳井的人。白靈當然知道這問題

是不可能有答案的，他不過是要逼著我們去思考，它
背後隱藏著的意義，我們還有必要「非死不可」嗎？

水獸的誤讀
──讀白靈〈遊壺〉

　　白靈這首詩源自詩人張家齊對他另一首詩〈詩是最好的情人〉（見2017年3月15日臉書Facebook詩論壇）的回應。

　　〈遊壺〉

　　　拎六克普洱，拈三分閒適
　　　躍入一隻茶壺中，肋鬥翻

　　　等等，聽，水獸開始在壺口吠叫
　　　一聲聲，叫開了午後長長的關節

註：「六克普洱」、「三分閒適」、「午後」、「關節」等詞
　　均詩友張家齊在回應拙作〈詩是最好的情人〉並新加坡
　　詩人杜文賢點評此詩時的用詞，不敢掠美，附記於此。

　　我們先看看張家齊完整的原文：只需三分閒適，
一隻分心壺，煮就6克普洱茶頭。待水漫過沸騰，用
指關節敲一兩個固定節奏，斟酌半個一個午後。

　　有人說：好茶只求七分滿，且留三分作閒情。張
家齊告訴我說，喝著茶，很多事情就通了。長長的關
節就是茶從濃到淡的一個過程，一個浮生半日閒的心
靈空間。（轉引自2017年3月17日他與我的私訊。）

　　白靈由此段文字獲得創作的靈感，不但形象地詩
寫了煮茶的過程，也把喝茶的精神點了出來。

　　水獸本是刻在茶壺的嘴上，供喝茶者作觀賞用。
我卻是如此理解的，當茶葉倒入壺中，水煮沸後猶如
水獸精靈在翻滾，然後再長長地「吠叫」。白靈接著
延伸了「用指關節敲一兩個固定節奏」的含義，化成
「叫開了午後長長的關節」。「長長」就是午後這一

煮茶到喝茶的過程，當大家偷得半日閒，喝到一壺
好茶時，什麼想不開、放不下的好似都通了，舒服
極了！

「花」的解讀
——讀白靈〈詩：說花一樣的話〉

我選擇從兩個角度來讀白靈這首詩。

〈詩：說花一樣的話〉

花是地向天　開口說的話
海、水泥和柏油暫時例外

每一寸地球都在教我們
拚命開口　用花說話

首先，我覺得這首詩可以做小朋友的教材。

為什麼天下萬物，白靈獨獨鍾情於「花」？也許
在他眼中，種類繁多、五顏六色的花與山川、大海、

沙漠或森林比起來，是地球上最美的一張臉孔。如果
花是地向天說的話；如果每一寸地球都在「拚命開
口」教我們用花說話，那人就是很可惡與可悲，可悲
是不會欣賞與愛護花，可惡是還在不斷地殘害花，自
取滅亡還懵然不知。

　詩第二行有深刻的含義。

　　海、水泥和柏油暫時例外

　大海已經被人類污染了，水泥和柏油也是人類對
大地的殘害，讓花不斷失去生存的土壤，所以，詩的
結束是：

　　每一寸地球都在教我們
　　拚命開口　用花說話

　地球希望我們能看見花在說話，白靈用詩說花一
樣的話，也希望能提醒我們愛護地球，不要讓地球生

病，以免將來後悔莫及。

　　其次，我覺得這是詩人寫給詩人讀的詩。

　　「詩：說花一樣的話」是白靈對詩的看法，詩第一行為此做了很清楚的解釋。

　　　　花是地向天　　開口說的話

　　詩人寫詩怎能離開天與地？詩人寫的詩都是天地之間的事。天地最美的就是花，也即是詩，所以「詩：說花一樣的話」。

　　詩第二行的含義在這裡與第一種解讀就有所不同了。花是大自然的象徵，人造的水泥和柏油，甚至已經被污染的大海最終都會被「花」淹沒，這是白靈一種美好的願望與祝福，他希望花可以遍地拚命的開，我們也可以爭先恐後地「詩」，讓這個地球變得更美麗與有趣。

　　俗語說，各花入各眼。其實即使是同一個人看同一朵花，也可以有不同的感受，何況是讀詩。

夾在腳下的詩意
——讀季閒〈夾腳拖〉

　　美國意象主義詩人龐德（Ezra Pound，1885年10月30日－1972年11月1日）說意象是「一種在一剎那間表現出來的理性與感性的集合體。」他這句話在季閒的新詩截句〈夾腳拖〉裡得到印證。

　　季閒說他這首詩是「林廣的〈夾腳拖〉，拖出的靈感。」

　　　　夾在新舊之間
　　　　腳下踩著扁扁島嶼
　　　　拖出晴雨的餘響

　　我谷歌後發現，夾腳拖，尤其是「藍白拖」已經脫離商品的表象意義，進而成為一種集體意識的文化

與潮流。換句話說，它可以是臺灣其中的一種象徵。
季閒在讀林廣的夾腳拖時，也許不經意間被詩中的
文字，觸動了那深藏在心底的詩想，並藉同一意象表
現了出來，不過他眼中看到的夾腳拖，已經不是林廣
詩中所要詩寫的夾腳拖。他及時捕捉住的這如電光火
石般閃過的詩念，其實是他對臺灣現狀的一種理性思
考，藉著感性的文字宣洩出來。

　　這也是一首藏頭詩，篇名很巧妙地嵌入詩裡。
我讀這首詩時，嘗試把它重組。第一部分是第一和第
三句：

　　夾在新舊之間
　　拖出晴雨的餘響

　　「新舊」與「晴雨」是一個有趣的對比。臺灣新
舊政權剛交接不久，是絕處逢生還是四面楚歌？這是
一個見仁見智的問題，臺灣人民「夾」在新舊、藍綠
與統獨無休止的爭執中，究竟是何去何從？這應該是

大智慧者才能解決的問題。目前臺灣現況，無論是晴或雨，都會因為政治立場不同而有不同的感受，不過這都是政權輪替「拖」出來的結果。

　　第二部分只有一句，即是第二句：

　　腳下踩著扁扁島嶼

　　這句話一語雙關，正如前述，夾腳拖是臺灣其中的一種象徵，究竟是誰把它踩扁在「腳」下，「夾」住後，還「拖」著走。這是一個很耐人尋味的問題。

　　季閒是個詩人，他不是個政治家，他寫詩大概也不是為政治問題提供答案。詩是詩人情緒的一種「出口」，也許當他讀到林廣的夾腳拖時，那壓抑在心中許久的情感終於找到了一個突破點，他的詩思被點燃了。截句最多只能寫四行，他也無法論述太多，只好含蓄地把自己藏在夾腳拖裡，讓人讀後產生更多思辨的可能。

詩未完，猶存寂寞
——讀季閒〈猶存寂寞〉

　　詩眼，一般指的是一首詩中最精彩和關鍵的詩句。也有人把詩眼說成「句中眼」，指的是一句詩或一首詩中最精煉傳神的一個字。由此可知，就一首詩而言它是某一句；就一句話而言是某一個字。

　　古人寫詩作詞，講究錘鍊用字，尤其在節骨眼處更是反覆推敲，因為只要煉得好字，便能使全詩有畫龍點睛之妙、令人刮目相看。王安石的「春風又綠江南岸」這一名句中的「綠」字，即是一個最好的例子。

　　二行詩，由於行數的限制，的確不容易寫好，也許有人會認為詩義更不容易發揮。其實，正因為它用字需要精簡與精煉，反而讓詩人有更多詩寫的空間。只要二行詩中的詩眼用得巧妙與得當，依然能讓人讀

出與眾不同的境界，餘韻無窮。

　　不久之前，悅讀了季閒以〈猶存寂寞〉為題寫的一首二行詩，感覺他的詩並未寫完，未說盡的寂寞，留給人的是無限的想像。

　　讀詩，需要扣緊詩的主題，方能減少錯讀的可能性，我嘗試從「猶存寂寞」去悅讀這首二行詩，發現季閒雖借景抒情，但詩寫的寂寞，皆意在言外，正是北宋梅曉臣（1002－1060）所謂的「狀難寫之景，如在目前；含不盡之意，見於言外，然後為至矣。」（見北宋歐陽修《六一詩話》）這句話的大意是，詩人必須把難以書寫的景物和情思，通過生動又含蓄的意象，寫得讓人有「如在眼前」的感覺。讀完之後，除了能體會到字面之外更深的涵蘊外，還能做更多的聯想。

　　從這個角度讀這首詩，可以發現季閒不但早已把這古人的詩學融入詩裡，還發揮得淋漓盡致！

〈猶存寂寞〉

退休小火車站的黑板上

「未及被認領」的留言

　　寂寞是一種十分抽象的感覺，要如何寫得具體
與形象確實很難，倘若還要加上「猶存」更是難上加
難。不過，季閒卻是寫得讓人拍案叫好！

　　「未及被認領」是這句詩中的詩眼，小火車站
已經退休了，昔日人來人往的月臺上，許多雙眼睛曾
經停駐的黑板前，現在雖然變冷清了，竟還有「未及
被」認領的留言。留言者早已不知所蹤，留下的可能
是已讀或者根本沒被閱讀過的留言。在這樣一種情境
之中，那一種猶存的「寂寞」任誰都會油然而生。

　　晚唐司空圖（837－908）在《二十四詩品》中
說過，「不著一字，盡得風流。語不涉難，已不堪
憂。」他用字不多，寫詩含蓄的要詣卻詮釋得一清二
楚。所謂「不著一字」並不是指一個字也不用，他是

說要用最少（精簡）的文字，而且還不能直接表達，方能達到辭短意長、含而不露、意在言外、回味無窮的境界。至於「語不涉難，已不堪憂」則是承接這上一句而來。它的意思是說，詩的文字雖沒直接涉及苦難，讀的人卻已被感染而不勝其憂。就以季閒這首二行詩來說，第一行寫得樸實平常，文字不見寂寞，卻因為第二行的詩眼發揮了效果，觸動人心，讓人讀後感到悲涼非常，這就是「不著一字，盡得風流」的境界。

其實，詩不論長短，即使短至只有一句，也不可以「說破」詩題，北宋司馬光（1019－1086）為此就做了很好的解釋，他說「古人為詩，貴於意在言外，使人思之得之。」（見《迂叟詩話》）也只有這樣寫詩，才能讓詩「活」起來，有了多種解讀的可能，增加詩審美的多義性。從這首二行詩來看，季閒早已到了這境界，這也是我們寫詩共同追求的目標。

明鏡的三種境界
——讀季閒〈明鏡〉

　　這是季閒寫的一組截句組詩，分三小組，合計十一行。

　　〈明鏡〉

　　【似水】
　　三道時間的皺褶
　　讓我額頭髮涼，它卻
　　波瀾不興

　　【照見】
　　我的雙鬢
　　未經霜雪，便已

蒼涼如崖邊的

秋芒

【擦拭】

乾脆摔成碎片

讓它們繼續喋喋不休

在禪裡禪外

爭辯

　　鏡子，表面上的功用是用來看清自己的外貌是否
整潔，但如果從更深一層的意義來看，它可以照見藏
在內心深處的自我，並與他面對面，審視與省思。

　　我正是從這個角度，讀出季閒這組詩的三種境界。

　　第一組詩（明鏡）似水，應該是轉變自「明鏡止
水」，典出莊子的「人莫鑒於流水，而鑒於止水」。
意思是正在流動的水是無法照出任何相貌的；但是靜
止的水，卻像是一面鏡子，能夠虛心坦白地接受一切
事物。因此，所謂「明鏡止水」，就是形容能夠以寧

靜坦誠的心情面對任何事物的一種心性境界。

　　瞭解了這個典故，就不難理解季閒要在詩裡表達的第一種境界。「三道時間的皺褶」，除了是指他照鏡子時看到自己額頭上的三道皺紋外，還隱含了另一更深的詩義：過去、當下與未來。雖然他感覺額頭髮涼，年華老去，但在流動的時間裡，卻早已是放下我執，心境止水，波瀾不興，處驚不變。

　　第二組詩照見，典出《心經》「觀自在菩薩行深般若波羅蜜多時，照見五蘊皆空，度一切苦厄……」。這裡說的「照見」不能簡單的理解成眼睛的看到，而是指用智慧來觀照，方能突破外在的形體，認識到生命的真正本質。五蘊皆空指的是身心的組成——色、受、想、行與識都是空無自性，不是永恆的，而是剎那生滅，暫存的。

　　如果我們從這個角度去讀第二組詩，私以為季閒說的不只是雙鬢未白，心境既已蒼涼的意思。他照見的是這表象後因緣聚合的虛幻本質。他不再貪著「我所有」，肉體的腐敗以至心境的荒涼（承接第一組

詩）對他不再有任何的影響。這是第二種境界。

　　第三組詩擦拭，連結詩題與後來發展的詩義來看，本詩的創作意念很明顯的源自南北朝慧能的禪詩「菩提本無樹，明鏡亦非臺；本來無一物，何處惹塵埃。」季閒通過外在的鏡子，要投射的是內在的意念，但它未必是真實的，或者說與現實世界是有一段距離的。換言之，首二組詩通過鏡子要表現的可能是他想要達到的一種境界，實際上是知易行難，所以索性把這鏡子摔碎。私以為季閒最終要表現的另一種境界是，鏡子本來就不存在，何必擦拭，自尋煩惱，生活要怎樣過就怎樣過，他任由他人禪裡禪外爭論不休。

我也被「啪」了一下
──讀周忍星〈閘門〉

讀周忍星〈閘門〉，我聯想到靈感和創作的關係。

〈閘門〉

放開，那一尾意象

活潑地啪了湖面

一巴

陽光掌心！

「魚」是詩中的意象。開閘後，這一尾活潑的魚隨著翻騰的湖水跳躍，猶如啪了照在湖面上的陽光一巴掌。

「閘門」是一種引水、洩水或阻水的裝置。它可

以封閉孔口來調節水位和流量，這個功用讓周忍星轉化成創作的一個十分生動的意象。當詩人的詩想感情累積到一定的程度時，就會如被關在閘門後的水，再也關不住了，潛意識裡就會要把它「放開」，讓那尾意象在水裡「活潑」起來，一首詩這樣就寫好了！

　　當靈感來襲，詩人的情感會轉化成「意象」表達出來，這就好像原本波平如鏡的湖面，突然被有如活潑的魚啪起了波浪，連倒影的陽光也一起被啪了。這「啪」用的很形象，因為有時候寫詩確實是有如被人啪了一下，馬上「頓悟」了，事後自己也可能無法明白當時為什麼會這樣寫的。

　　截句不能寫超過四行，但這絕不會影響到它要詩寫的內容與深度，周忍星的〈閘門〉就是一個最好的明證。

截句應該怎樣寫
——讀曼殊〈截句〉

截句應該怎樣寫？就和截句是什麼這個課題一樣，各家各有各的說法。

曼殊這首取名〈截句〉的詩，極富創意，她以截句的方式提供了一種詩寫截句的方法。

〈截句〉

過多的情緒翻滾成贅詞

身形很長很長

快變成風乾的屍體

嚙斷尾巴，卻是新生

詩人壓抑許久的詩緒或者累積許久的情感，會

因為某次外物的觸動而流露出來成詩，可是如果任由它「翻滾」，不加以取捨，不做優化，那就會贅詞連篇，身形變得很長很長，「詩」體就會變成「屍」體。其實她也一針見血地指出了一般人寫詩的通病。

　　這個問題要如何解決？她的建議是囓斷「尾巴」，即是截去無用或多餘的部分，詩就能新生。

　　學者可以引經據典地從學術的角度談如何寫好截句，曼殊則是以一個詩人的角度，十分形象與生動為如何寫好截句做了一個很好的示範，也許她的做法會更容易讓人明白寫截句的真正意義。

為什麼義肢要取名「自由」
──讀葉子鳥截句

　　這是一尊奇特的銅像。銅像只有一雙腳,而且還是義肢。

　　義肢矗立在廣場
　　命名為「自由」
　　繼續尋找
　　下一個合腳的人

　　葉子鳥究竟要藉著它來表現什麼詩想呢?
　　「自由」是詩中的關鍵詞,也是我進入詩裡的入口。相對於專制政權,自由的定義不只是可以做自己想做的事,還可以有權力不去做不喜歡的事,不過,這應該不是這首詩要討論的課題,因為他們沒有「自

由」可言。對於那些擁有「自由」的幸福人們來說，葉子鳥藉著詩提出了一個十分尖銳的問題？為什麼這命名「自由」的義肢要「繼續尋找／下一個合腳的人」，是不是有些人並不適合自由，甚至還濫用了自由，在所謂「自由」的名義下，傷害了他人的自由，此類例子國內外比比皆是，我無需贅述。

　　詩中的「義肢」命名為自由，我以為這是很具有諷刺性的，自由不是天生的，而且是如此的不堪一擊。對某些人來說，他們不是沒有腳，而是「自由」成為他們不合腳的義肢，走起來是醜態畢露，我們需要重新審視它的價值。所以，最後詩是如此的結束：

　　繼續尋找
　　下一個合腳的人

　　你覺得它能找到嗎？什麼樣的腳才算是合適？義肢需要特別定制嗎？究竟是誰來配合誰？這些都是葉子鳥給你讀詩後留下的值得深思的問題。

聲音可以看見
——讀葉莎〈聽過一種鳥聲〉

　　「是早上被奇特的鳥聲吵醒，仔細聽，然後就想，我能寫出那種聲音嗎？」這是葉莎說的，也是她寫這首詩的目的。

　　〈聽過一種鳥聲〉

　　一個球，自最深
　　至最淺的黑不停滾動
　　在窗前
　　被一株白杜鵑輓留

　　詩人採用了「通感」描寫手法來寫她聽到的這種聲音。

　　錢鍾書先生（1910年－1998年），曾經如此說過：「在日常經驗裡，視覺、聽覺、觸覺、嗅覺、味覺往往可以彼此打通或交通，眼、耳、舌、鼻、身各個官能的領域，可以不分界線⋯⋯」這是「一種感覺超越了本身的局限而領會到屬於另一種感覺的印象」。這是他對「通感」做的一個十分經典的解釋。

　　在審美活動中，人的各種審美感官，比如視覺、聽覺、嗅覺、觸覺等多種感覺可以不分界限、不分彼此而互相溝通、互相轉化。比如宋祁（公元998年－公元1061年）〈玉樓春〉裡的名句：「紅杏枝頭春意鬧。」就是用聽覺感覺來突出視覺效果的一個典型例子。

　　葉莎則是使用視覺效果來詩寫她聽到的這種聲音。詩前二行「一個球，自最深／至最淺的黑不停滾動」，我的理解是地球是圓的，每天都在自轉，「自最深／至最淺的黑不停滾動」，顯而易見就是指天漸漸亮了。詩人說她被鳥聲吵醒，她聽著鳥聲，看著黑夜慢慢地褪色。她不但詩寫了時間（黑夜到黎明）的

演變，也巧妙地把這鳥聲視覺化。如果結合這截句的詩題和後兩行，我們可以從三個方面進一步來理解「滾動」在詩裡的意義。

第一，黑在「滾動」中由深至淺。

第二，這早起的鳥聲也伴隨著黑，不停地在「滾動」著，藉此形象地突出聲音由遠而近，又由近而遠的那種感覺。

第三，這滾動的黑／聲音與最後出現的「白」杜鵑在視覺上產生強烈的對比效果，一方面是說天已經亮了，可以清楚地看見白杜鵑，另一方面則是要藉此說原本無法看見的黑／聲音，現在可以看見了，所以詩的結束是這樣寫的「在窗前／被一株白杜鵑輓留」，這聲音並沒有隨著黑的漸淺而離去。

回到本文開始時轉引葉莎所說的話：「我能寫出那種聲音嗎？」，答案當然是肯定的，她不只寫了出來，還讓我們「看見」她眼中這美妙的聲音。

詩中有畫　畫中有影
──讀葉莎〈梅花鹿〉和〈訪友〉

　　葉莎是個詩人，也是個攝影家，現在開始習畫。詩人通過文字組成的「意象」來詩寫她所看見的世界。攝影家通過捕捉「光影」的變化及時留住瞬間發生的事。畫家藉著線條和色彩搭配的構圖重建她眼中的景物。無論是寫詩、攝影和畫畫，她們除了要有一雙能發現「美」和能捉住「美」的眼睛外，還要懂得如何選擇和善用最好的「視角」來讓我們看見她們所看見的世界。

　　在葉莎身上，詩、攝影和繪畫是相通的。她寫詩時，有時彷彿也在攝影，後來又好像在畫畫，尤其後二者更是難分彼此。本文正是嘗試從這個角度試讀她的兩首截句。

〈梅花鹿〉

將曠野奔跑成風聲
有人記得梅花和小路
詩記得
牠疲倦的蹄子

〈訪友〉

櫻花沿路奔跑
我一路閃躲
好不容易來到你的小木屋
只見窗子嗡嗡的飛著

　　「將曠野奔跑成風聲」〈梅花鹿〉和「櫻花沿
路奔跑」〈訪友〉分別是這兩首詩的第一行。從詩的
敘事眼睛來看，她在前者是個旁觀者，在後者則是以
「我」作第一人稱自述。從攝影的角度來讀，它們充

滿動感。她看見一群梅花鹿在曠野中奔跑，牠們奔跑的速度很快，快到她只能聽見「風聲」，立即就舉起手中的「相機」捉住這瞬間的一刻。無獨有偶的是，當她坐車去訪友時，一路上迎面而來的櫻花彷彿也在往前「奔跑」，其實櫻花沒動，是車在開動，而且速度很快。

　　緊接著「風聲」的下一句是「有人記得梅花和小路」，我彷彿看到由於梅花鹿跑得太快了，路上都是牠們丟下的點點「梅花」，這是一幅充滿詩意的「畫」。雖然後來梅花鹿跑到無影無蹤，可是「詩記得／牠疲倦的蹄子」，詩就是葉莎，別人只記得梅花和小路，惟有她記得牠「疲倦的蹄子」，言外之意自然是不言而喻。

　　緊接著「櫻花」奔跑而來的下一句是「我一路閃躲」，這是一種充滿詩意的動態攝影，她一面躲避迎面而來的櫻花，一面還閃著燈拍照，最後她「好不容易來到你的小木屋／只見窗子嗡嗡的飛著」，她用「好不容易」來詩寫她一路閃躲的「辛苦」，給我們

留下許多可以想像的空間。不只如此，她讓我們也看見畫裡「窗子嗡嗡的飛著」，她的風塵僕僕自然也是不在話下。

我與「你」的涵義
——讀葉莎〈其實我是一座房子〉

　　這首詩，篇名就直截了當地告訴讀者，「我」是一座房子。其實每個人都是一座房子，房子（外在型態）裡住著的是靈魂（內在的精神世界），葉莎化身為房子，目的是要藉此暗喻自己的一種詩想狀態。

　　　〈其實我是一座房子〉

　　　搭建自己之前
　　　想好鑿通出口兩處
　　　一個用來凝望羊群的低鳴
　　　一個為了讓你走出去

　　她說「搭建自己之前／想好鑿通出口兩處」，

一個是窗口，一個是門口。從窗口望出去是低鳴的羊
群，這象徵著她所嚮往的田園生活。其實人的心裡想
什麼，眼睛就會看見什麼。從嚮往到走出去追求這個
看見的世界是一個過程。葉莎很瞭解自己，知道這座
房子是困不住自己的靈魂，她遲早會走出去，外面的
天地正等著她去發現，所以她先為自己鑿開一道門。

　　為什麼葉莎說「我」是一座房子，最後卻是讓
「你」而不是「我」走出去？我是這樣理解的：首先
我是直接從字面上去解讀，我讀到的是一種無私付出
的母愛，對孩子而言，她是一座「房子」，為他們遮
風擋雨，讓他們有一個可以快樂成長與安心學習的地
方。葉莎的眼光很遠大，在這同時，她為孩子開了一
道窗，又鑿通一道門。她不但鼓勵孩子要往外看，還
給他們一道走出去的門。從這個角度看的話，這是一
首充滿溫馨的小詩。

　　其次我是從文字隱藏的可能意義來解讀，這
是葉莎「我」與「我」的對話。詩一開始「搭建自
己」是一個我，與所有人的「我」是一樣的，但她這

個「我」並不滿足於在一座房子裡，她告訴另一個「我」，詩必須與天地接軌，不能離群獨居，所以「你」要走出去。這也進一步解答了為什麼在搭建自己之前，要想好鑿通出口兩處的問題。我個人以為，從這個角度來看的話，我（房子）與「你」（靈魂）不同的涵義就呼之欲出了。我相信你可能還會有第三種或更多的讀法。

　　這世上，有些房子是沒有門窗的，有些只有其中一個，有些是形同虛設，這都是些什麼樣的房子呢？我們以此對照她所說的「其實我是一座房子」，她似乎要我們自己去領悟那隱藏在房子裡沒說出來的另一層詩意。

我只讓你讀殼
——讀葉莎〈致讀者〉

這是葉莎一封「致讀者」的信。她希望讀者讀完後，能夠理解她寫詩的初衷。

〈致讀者〉

昨夜月光成串
我將一座海的滋味
仔細藏好
生為蚵，我只讓你讀殼

私以為讀詩的趣味在於不同的人讀同一首詩時，可能會讀出不同的味道。作者不能把它的意義強加於人，也無需在意讀者的解讀是否接近原意。

　　我嘗試從這個角度讀這封信。「蚵」是詩人詩裡最常出現的一個意象。詩人也喜歡化身為她所鍾意的外物，自述志向。

　　詩第三行出現的「藏」把上下文連結在一起，是全詩的關鍵。生為蚵，藏的是「一座海的滋味」，這大概是人們愛吃蚵的原因。不過這裡要說的是寫詩，詩人不都是要把表達的詩意在詩裡「仔細藏好」嗎？這是生為「蚵」（詩）的意義。

　　任何人都可以說出這座海的「味道」，它的味道不會是單一的。但是，詩的最後卻是這樣寫的「生為蚵，我只讓你讀殼」。我認為「殼」裡藏著的正是詩人要表達的詩想。為什麼詩人「只讓你讀殼」呢？私以為可以從兩方面來理解它。

　　第一，她感嘆很多人讀詩，只能看到文字表面的意思，無法真正進入「這座被仔細藏好的大海裡」，所以她索性說只讓你讀殼，我彷彿感受到那種她在無奈之下流露出來的憤怒。

　　第二，她說的是一種「反話」。她只給你殼，其

實是在等待著有心人可以破殼而入，進入這座大海的
內心世界，去瞭解為什麼月光能成串……

　　正因為她如此的處理，讓這封信有了更多思辨的
可能。從「蚵」到「殼」，發音都類似「渴」，再結
合詩最後一行來看，詩人寫詩的初衷呼之欲出，她含
蓄地告訴讀者，其實是很渴望他們能夠來瞭解她的
內在，她的內在藏著的大海，才是想讓讀者能認識的
生命。

文字錯置的詩意
──讀葉莎〈老人〉

讀這首詩可以看出葉莎寫詩用字的功力。

〈老人〉

路將盡
腿也開始崎嶇
一生的傘已殘破
風也濕了

「崎嶇」在詩裡用的很富有想像力。如果寫崎嶇的路將盡，那就平平無奇。其實這也應該是她原來要表達的意思。「崎嶇」可以做兩種不同層次上的解讀。有些人老了，因為各種不同的原因，雙腿會彎

曲，所以，這個「崎嶇」用的很形象。走在崎嶇的路上，腿也開始「崎嶇」，我們彷彿就看到一雙已呈畸型的腿一高一低吃力地走著……錯置了「崎嶇」，讓詩有了更多視覺的效果和思辨的空間。

　　為什麼「腿也開始崎嶇」呢？答案在第三行「一生的傘已殘破」。相互扶持，牽手一生的老伴先她而去，留下孤獨的一個她。原本不良於行的她，現在失去了依靠的肩膀，剩下要走的路，腿怎能不「崎嶇」呢？最讓人感傷的莫過於是「路將盡」。

　　「傘」在詩中的象徵意義不言而喻。一生給她遮陽擋雨的「傘」已破了，結果是連「風也濕了」。這種借物擬人的寫法，雖已超過客觀事實，但卻能給人更強的藝術感染力，加強了詩人所要表達的思想感情。風是透明的，而且還是來無蹤去無影，但卻都「濕」了，這不但渲染了她的風燭殘年，也給了我們更多聯想的空間。

　　我們也可以從另一個角度直接解讀「崎嶇」和「風也濕了」的關係。許多老人都因為年紀大了，得

了風濕病，結果腿型漸漸變彎曲……詩人選擇用「崎
嶇」來代替彎曲有畫龍點睛之妙，我們彷彿看到老人
走的這一生道路並不平坦，充滿荊棘。

　　這首詩開始時很平淡，但第二行的「崎嶇」驚
豔了我們的眼睛。第三行寫的很平實，卻為最後一行
「風也濕了」做了很好的鋪墊，讓我們最後留下無限
的驚嘆！

星星之火　可以燎原
──讀葉莎〈水窪告示〉

　　在葉莎眼中，無處不是「詩」。即使是一個普通的低凹積水處，也可以讓她產生聯想，把那一股隱隱流動在心的詩緒藉此表現出來。

　　〈水窪告示〉

　　　你若夜行，不要
　　　踩我胸口盛滿的星星
　　　它們收集了小路的蟲鳴
　　　正在練習發聲

　　〈水窪告示〉中的「告示」成為我思考這首詩的重要線索。

　　我讀出詩作隱藏著的政治隱喻，其實告示就類似「宣言」，這是人民對當政者發出的聲音。

　　詩一開始寫「你若夜行，不要／踩我胸口盛滿的星星」是一種溫馨的提醒或者是含蓄的警告，請他們不要在「黑夜」中幹些白天見不得人的事，也不要以為不會被人看見。

　　詩人委身於水窪，以第一人稱提出忠告，千萬不要小看不起眼的「水窪」，水可載舟　亦可覆舟，這是互古不變的真理，一不小心就會被淹沒，所以你「不要睬我胸口盛滿的星星」，這是最後的底線，星星之火　可以燎原，人民已經吹起集結號，練習發聲，準備發聲……

　　一首好詩意象不用繁複，不需要任何形容詞來支撐，文字要簡潔，乾淨利落，最重要是要能達到唐司空圖（837年－908年）所說的「象外之象　景外之景」。詩雖是寫景卻意有所指，詩中的言外之意不只提升了它的高度，也讓我們看到那種長期壓抑在詩人心裡，不吐不快的快感。

「那，大不同」的想像與渴望
──讀蕭蕭〈那，大不同〉

　　近期白靈發起競寫新詩截句運動，蕭蕭是主將之一。他告訴我說：「很多人在討論截句，是好現象。我則是以作品實驗可能，以作品參與討論。」他闡明是以實際作品參與、介入這個活動。他寫的截句題材多樣化，涉及的內容層面也很廣泛，給截句注入了不少新元素，也給截句的寫法提出多種思辨之可能。

　　截句規定在四行以內，看起來是限制了詩人詩想的發揮，實際上是要詩人努力瘦身，精簡詩想，才可以讓自己的詩穿進截句這件貼身的衣裳裡。可是，如果以為只要把詩寫成四行，或者截成四行就是截句的話，那就是誤解了白靈、蘇紹連和蕭蕭等人要推廣截句的初衷了。

　　讀了蕭蕭寫的許多截句，發現他確實是寫截句的

高手，雖然寫的是短短四行，我們讀完後的感覺卻是
有如南宋詩論家嚴羽《滄浪詩話‧詩辨》中說的「言
有盡而意無窮」。

我試以他的一首新詩截句〈那，大不同〉來證明
這一論點。原詩如下：

旁邊那一莖草知道我是他前世的愛人嗎？
湖邊那群鵝知道我是他們書法的勁敵嗎？
昨晚那風，或許知道他是我的軌轍
半空中那長尾藍鵲知道他是我的夢嗎？

蕭蕭化身為魚，可是卻把自己隱藏在文字裡，這
就給人留下許多可以解讀的空間。

魚在水中游動，彷如在寫一幅書法，但是身旁被
驚動的水草不知道他為什麼要這樣無休止地在寫字？

鵝也在水面上悠閒地寫字，「輕描淡寫」的，不
像魚那麼擺動得有力勁，當然更不會知道水（腳）底
下藏著的勁敵。蕭蕭選擇「鵝」作為意象，不期然讓

我們想起東晉書法家王羲之愛鵝的故事。二者之間是
否互為指涉，這留待讀者作深入的思考。

　　蕭蕭連續二問後，自我如此的解答。他說，風也
在空中寫字，所以能知道魚是在水中寫字。為什麼是
風呢？這是為詩的第四行，也是全詩的中心思想做
鋪墊。

　　水中的魚嚮往的不只是能自由寫字的風，實際上
懷著的是臺灣藍鵲的夢。

　　臺灣是大洋中的一個島嶼，猶如大海中的一尾
魚。臺灣藍鵲（長尾山娘）是臺灣的特種鳥，全球只
有臺灣才有，十分珍貴。由此引申，詩的言外之意呼
之欲出。

　　此刻這尾魚望著半空中的藍鵲，心裡在想，她會
知道我渴望能飛上藍天的夢想嗎？相對於目前臺灣的
處境，這是他對未來的一種期許嗎？

　　蕭蕭寫截句其中的一個技巧是採用對答的方式，
一般是前二句發問，後二句回答。不過這一次「那，
就大不同」了，他以提問的方式寫詩，卻不再提供答

案。他不說自己有夢，卻反過來問那藍鵲知道她是他的夢嗎？這就給了我們一種言有盡而意無窮的感覺，留待我們各自去體會那還沒有說出來的意思。

「那，大不同」的想像與渴望。

一個詩的寓言
——讀蕭蕭〈橋墩〉

　　我一直相信，詩能給生命一個出口。詩作為我們窺探詩人對這個世界觀感的窗口，他內心深處的風景就會在有意無意之間若隱若現。如果我們能進入這風景中，不但可以分享到他對生命的領悟，我們的靈魂也會有找到落點的可能。

　　〈橋墩〉是蕭蕭的一個問答題。

　　一隻螢火蟲的微小願望：
　　如何打破藍天這扇窗？

　　橋墩丟下他的白布鞋：
　　應該比打破沉默容易一些些

　　第一節是螢火蟲的提問。我從三方面來理解螢火蟲的「微小」：

　　一、他的外形與藍天象比確是何等的渺小。

　　二、他那微光不過有如是天上的點點繁星。

　　三、他不只是要修補黑暗，還要打破藍天，見天外之天。這是何等大的想望，他卻以為這不過是個微小的願望。

　　第二節是橋墩的回答，也是蕭蕭的回答。橋墩終年不語，不能說話，所以只要丟下他穿的白布鞋，就能輕易地發出聲響，打破沉默。這比螢火蟲那微小的願望來得容易一<u>些些</u>。

　　這是一種對比的寫法。我不以為蕭蕭是藉此嘲笑螢火蟲的自以為是或不自量力，反之，他是逼著我們從「矛盾」中去思考詩真正要表達的含義。古人說：有志者，事竟成，只要下定決心，鐵棒也能磨成針。所以，要如何打破藍天，不過是螢火蟲一個微小的願望罷了！丟下白布鞋，打破橋墩的沉默也只比這容易一<u>些些</u>。

　　生活在先秦時代的莊子（約前369年－前286年），擅長利用寓言來表達他的人生哲理和智慧。這是我讀蕭蕭〈橋墩〉後的聯想，也許他也想採用問答的方式嘗試寫現代詩的寓言，而截句似乎正是最適合的一種文體。

以乳房為名
——讀蕭蕭〈乳房拒絕憂傷〉

　　許多人初看這首詩的篇名，大概都會嚇一跳，然後就會開始揣測蕭蕭到底要寫什麼？

〈乳房拒絕憂傷〉

看著看著，那是富於彈性的乳房
想著想著，不宜江湖
男人、海浪、憂傷
特別適合李白和月光

　　其實，我以為這是以「女性」為本位的一種詩寫。乳房是女人的代名詞。我把這首詩分成兩部分來讀：

　　一、女人不宜江湖和男人、海浪和憂傷；

　　二、女人特別適合李白和月光。

　　在男性為中心的社會裡，蕭蕭選擇以一個男性的眼光來為女性的身體做宣言，是否會獲得她們的認同，這有待觀察。

　　江湖是屬於男人的，海浪可以是憂傷的，月光自然非李白莫屬。這三組意象如何與女人的身體構成關係呢？

　　這是一個大女人主義的時代，女強人處處可見，女人要為自己的身體做主，拒絕被男人操控，這是她們強勢的一面。可是女人畢竟還是女人，很多時候很容易就感性起來，比如看到大海，想起身世就會很憂傷。

　　蕭蕭站在女人的角度詩寫他的心得。他認為她們在強勢拒絕男人的同時，也不宜太柔弱，需要一起拒絕所謂的憂傷。

　　李白和月光是屬於浪漫派的，他是否暗示著當下的女人缺乏了這個元素，這就如我對這首詩的解讀一樣，是一個見仁見智的問題。

詩的個相與共相
——讀離畢華〈真實之物〉

　　簡政珍（臺灣，1950－）在《詩心與詩學》一書中說：「進入詩的個人經驗必是具有通相的個相。詩從個相入手，而以共相為依歸。……從個相到共相也是由生活個別的場景幻化成哲思的境界……。」葉子鳥與我私訊討論詩的創作問題時，也曾深入淺出地對它們做出十分精闢的解釋。她說詩本身具有的普遍性，即是所謂的「共相」。「殊相」（個相），是經由自身的體驗所做的決定。

　　〈真實之物〉是離畢華新創的四行詩：

　　隱藏在鋸齒狀葉沿的
　　被嚙咬或咒詛過

　　一道曲折的線

　　那是光

　　這首詩就如簡政珍所說的，它是由「個相到共相」，從「生活個別的場景幻化成哲思的境界」。雖然個相如葉子鳥所說的，是「經由自身的體驗所做的決定」，但是它如果沒有「通相」的話，就會造成人們在讀詩時的困難，以致影響了對詩的欣賞。詩甚至也可能變成「詩人情緒的自瀆」（轉引自簡氏）。

　　這首詩讀起來有點拗口，我嘗試如此分開來讀

　　隱藏在鋸齒狀葉沿

　　那道曲折的光

　　詩題〈真實之物〉，葉子是真實之物，光線為視覺可看見卻無法觸摸或掌握的（這是大家均易意識到的共相）或許，這首詩是一種隱喻，用以隱喻人生。用「鋸齒狀葉沿」隱喻人生曲折之路，而隱藏在人生

旅途中「被噬咬或咒詛」（這是「個相」（殊相），
人人的解讀不同）或被忌妒、被陷害的都是人們成長
必經的過程。而透過這些生命中的不圓滿，會讓人生
更充滿「曲折的光」之輪廓的美麗與精彩。

　　詩多歧義。〈真實之物〉詩中想表現的「光與葉
子」的關係，就如海水與礁岩的關係，只有礁岩才能
激起美麗的浪花。而這不完美人生經歷的曲折，才
是我們人類最真實的人生體驗，才是生命奮鬥歷程的
光澤。

　　離畢華藉此詩，暗示自己對生命的一種看法，
這也是人們靈魂能感知的「共相」（葉子與光的關
係），也是「殊相」（被噬咬或咒詛的過程）。離畢
華這種寫法也正好印證了本文開始前所引用的簡氏這
段話：從個相到共相也是由生活個別的場景幻化成哲
思的境界……

炭的前世今生
──讀蘇紹連〈炭的嘆息〉

　　對於白靈推動截句詩的活動，蘇紹連說他「比較傾向於作者是從自己的舊作，截取其中幾行（白靈說，是四行以內）成為新作，這樣的創作方法應是把舊作精簡化，讓舊作起死回生，從自己的詩作再進行的第二度創作，也是一種新的創作方法。」（見2017年2月3日蘇紹連發表於臉書【少年詩人夢】之〈詩作截句以後〉）

　　為什麼他會比較傾向於截取舊作，他進一步解釋說，他可以看到詩人進行新舊作品的比較，也可以思考為何截取的是原詩的精華是在哪幾行，更看到了詩人截取詩作後是否有能力形成一首精緻而結構完整的小詩。（同上）

　　這是一首他附上的截句練習作品：

〈炭的嘆息〉

煙薰我的綠色前世
今生我竟如此漆黑

現在，我和已變灰、變白的囚服
一同躺在冷卻的爐子裡

　　　　　　本作四行截自《時間的背景》詩集
　　　　　　　　　　　　（秀威出版，2015）

　　這首詩從三個方面捉住了「炭」的特點來表現它
的一生。
　　一顏色：炭從生機勃勃的「綠色」到煙薰的「漆
黑」到最終的「變灰變白」。炭源自樹木，所以對於
自己這樣的命運不得不嘆息。
　　二空間：從樹木生長的遼闊天地到躺在冷卻的爐
子裡，它怎能不嘆息呢？

　　三時間：從前世的樹木到今生的木炭到最後與囚服躺在一起。這是一個宿命的悲劇嗎？這是一個必然的結局嗎？木炭的嘆息也許是感嘆自己的身不由己。這也可能是蘇紹連對社會人生的一種感嘆。

　　詩寫的是木炭，其實說的是一種人生，可悲的木炭不但成為陪葬品，也成為了「幫凶」，悲天憫人的蘇紹連怎能不歎息呢？

　　這四句不但濃縮了原詩的精華，也可說是一種人生的小縮影。有些截句太直截了當，無法讓人從文字中做更多的聯想，蘇紹連的這篇習作，確實是給截句做了最好的示範。

詩的畫面感
──讀靈歌〈愛情〉

這是一首充滿溫馨畫面感的詩。

〈愛情〉

燈下，他睜大老花眼

將皺紋，瞇成一條線

對準另一雙暗淡的

瞳孔，穿針

有些人寫詩，以為堆砌唯美的文字就能讓人有一種美感，卻不知道他們用的都是一些抽象的文字，無法讓人做任何的想像。這就有如攝影，如果攝影師不能善用光源，他拍出來的照片就是平面的，照片中的

主體就無法突出。同樣的道理，詩人如果不擅長駕馭
文字，他寫出來的詩就會缺乏畫面感，就較難讓人從
文字中去感受所要表達的意境。

　　這首詩第一行是鋪墊，寫得很樸實。第二行就
十分精彩了，讓人回味無窮。睜大老花眼，瞇成一條
線，寫的是一個事實，本來也沒什麼特別，但是將
「皺紋」瞇成一條線，它的意境就出來了。歲月流逝
的痕跡與滄桑，要怎樣才能說得清楚呢？靈歌把它投
射在「皺紋」上，藏在瞇成的一條線裡，這一切盡在
不言中，大概也只有上了年紀的我們，才能真正地體
會到個中的滋味。

　　詩的最後兩行是這首詩的高潮。

　　　對準另一雙暗淡的
　　　瞳孔，穿針

　　穿針本來是一件十分普通的事，但它卻是從一雙
「老花的」眼睛，穿過另一雙「暗淡的」瞳孔，詩味

不但出來了，而且還巧妙地把主題表現了出來。

　　穿針引線是為了縫補衣裳。攜手生活了大半輩子的老伴，從眉清目秀到老眼昏花後，還堅持要給身旁老去的另一半縫縫補補。其實她縫補的不只是身上穿的衣裳，還是歲月這一張臉。如果不是她無怨無悔的縫補，這個家就不會如此的完美了。

　　對於「暗淡的」瞳孔，我們也可以做另一種解讀。因為病重了，所以眼睛便失去了往日的光澤，但是身旁的人依然是深情的關注，不離不棄，這就是「穿針」的隱喻。

　　無論是哪種解讀，靈歌寫的〈愛情〉是經歷過生活的磨練，不再是年少時不知天高地厚的浪漫。他用樸實的文字，藉著「穿針」這一件很微不足道的事，寫出了他那相濡以沫的愛情。也只有在你細細地去體會後，方能感受到他那濃得化不開的情意。

智者和勇者的「退」
——讀靈歌〈退〉和劉正偉〈退〉與〈碎〉

不久前，讀到靈歌（1951－）的一首截句詩
〈退〉：

掌聲像落花
撲滿他一身

他不語
只微微鞠了躬

接著又讀到劉正偉（1967－）也以「退」為名寫
的一首截句詩，後來他又寫另一首新詩截句〈碎〉：

〈退〉

感覺，路上有顆大石頭
與這個世界格格不入

於是，我
將自己搬開

〈碎〉

路上有顆我執頑石
大家看了礙眼

於是，我將自己打碎
讓出一條路來

　　劉正偉大概是寫了一首〈退〉，覺得不過癮，幾
分鐘後馬上再寫另一首〈碎〉。兩首詩都以「石頭」

為意象，第二首是第一首詩意的延伸，讓我們可以更清楚地瞭解他要表達的詩想。

　　有趣的是靈歌和劉正偉是屬於不同世代的詩人，他們不約而同都寫「退」，雖然前者選擇「落花」，後者選擇「石頭」為意象，但要表達的詩念卻是相似的。我在本文嘗試通過比較不同意象的選擇，來探討「退」在靈歌和劉正偉詩中隱藏了什麼真正的含義。

　　自古以來，「詩言志」一直是詩人寫詩的一個主要目的。「志」的定義很廣，它可以解讀成志向、意願、抱負或心志等。有一次劉正偉與我討論詩時，他說：詩要寫好，最大的秘訣在於：「我」。因為，詩言志，就是抒發自己的情感。沒有直接或隱喻的投入自我，多只是風花雪月或者千篇一律罷了。

　　劉正偉的解讀給了我兩個啟示，一、詩是「我」的一種思想感情的表現；二、詩若不能表現詩人的心「志」，那就可能是無病呻吟之作。靈歌與正偉詩寫的〈退〉，創作動機雖然不同、選擇的意象也不一樣，但最終要表現出來的主題詩想卻是一致的。他們

藉著「落花」與「石頭」來言志，含蓄地把那壓抑在
心頭許久的情感流露出來。

　　所謂「退」，體面地說就是「讓賢」；不留情面
地說就是「下臺」。它又可以分成主動與被動兩種。
前者是識時務者為俊傑，眼看大勢已去，知道已經是
「無力回天」，只好趕緊尋個良好時機，全身而退，
留下美名，或者改日還有機會東山再起。後者多少是
個死硬派，拒不退讓，最終的下場必然是被人狠狠地
轟下臺。這兩種例子，古今中外比比皆是。

　　落花與石頭，一軟一硬，是個「共相」，它們的
含義不難理解。不過我們卻是可以從這兩個不同的意
象窺探出靈歌和正偉的詩想，尤其在「退」這個課題
方面。

　　靈歌以「落花」暗喻退，表現的是一種「智者」
的智慧，凡事謙恭，希望能圓融人生。「掌聲像落花
／撲滿他一身」，表面上看起來大家都給足他面子，
用掌聲肯定他。實際上是要告訴他，花期已過，他已
是落花處處，怎麼還死賴著不走。如果他聽懂了，就

知道是時候要放下了。既然大家給他一個下臺階，他也只好順應時勢，從善如流，「不語」地鞠躬下臺。這正切合「退」的主題。詩中的「不語」充滿禪機，也正是智者的大智慧。他無怨、無悔，很平靜地接受這一切，他知道這時候不應該再說什麼，旁人自然會給他細說。

　　反觀劉正偉以「石頭」暗喻退，表現的是一種「勇者」的姿態。靈歌年長他將近15歲，歷經的風浪肯定比他多，對人生的波瀾起伏，大概已經是趨向於平和與冷靜。劉正偉還正壯年，意氣風發，詩想比較激進。雖然他發現自己與「這個世界格格不入」，於是主動地「將自己搬開」，但是我們不要忘記，他是以「剛硬的石頭」來暗喻自己。他寫的「退」與靈歌寫的退，在本質上是有不同的。他不是落花「撲滿一身」，無語的下臺，他是發現自己很「礙眼」而主動讓位。這也就是為什麼他在寫完第一首詩後，立即寫第二首的原因。

　　從「大石」到「我執頑石」是劉正偉一個自我反

思的過程。從「格格不入」到「礙眼」是他反思後的一種領悟。從「將自己搬開」到打碎自己，「讓出一條路來」，我們最後看到的是一種成就他人，豁達大度的精神。這個「退」的結果真的是有點出人意料，但這也正折射出他「寧為玉碎、不為瓦全」的思想。

　　「詩文求極簡，詩意求極致。」這是劉正偉在回覆寧靜海和詩時的留言。他的意思是說，詩文字要求凝鍊，簡潔。詩意則要求張力和感人。他和靈歌寫的這三首詩正好印證了這種觀點。

截句簡讀

千朔〈月光十三樓〉

冷風中，鐵路便當賣不完

滄桑：一聲聲再見一吋吋遠方

第二月臺的雨聲。。搖／搖。。擺＼擺。。進站

歲月著涼了

————摘自《月光七行・月光十三樓》

這是一首充滿視覺效果的詩。

詩人是一個旁觀的敘事者，她站在月臺，看著列車出站和進站，精確地把那種雨中的悲歡離別寫到我們心底。

一聲聲再見一吋吋遠方

　　我們彷彿看到漸漸遠去的列車，送行的人與離別
的人是多麼希望時光可以走慢一點。

　　　　第二月臺的雨聲。。搖／搖。。擺＼擺。。進站

　　此刻等待與親人或好友團聚的人，自然是心急如
焚，所以他們感覺列車走得是特別的慢。

　　站在雨中等待他們的人，等到歲月都著涼了！這
種感覺只有經歷過的人才會懂。

木瑕〈撲火〉

並不是想死

只是想成為唯一
與你在一起而不死的人

　　這首詩創作也許是從「飛蛾撲火」獲得的靈感。
　　為什麼詩人明知山有虎，卻偏向虎山行呢？因為
不入虎穴，焉得虎子！在這之前，已經有不少嘗試的
人，還沒進入火中就被熱死了。惟有能真正進入火裡
的人才能獲得與她一起不死的機會。
　　詩人相信他是唯一可以為她赴湯蹈火的人。
　　這首情詩怎不讓人動容呢？

木瑕〈風〉

你就這樣過去了

絲毫沒有

要回顧那一頭亂的意思

風來去無影蹤，只能感覺，無法捉住與留住。

因為頭髮亂了，所以知道風來過。

我的另一層理解是，你來了後，吹皺了一次春

水，卻又這樣毫無留戀地過去，完全不顧我的感受，

留下心亂如麻的我。叫我如何是好？

王勇〈棄權〉

領：我引導思想

袖：我指揮方向

陽臺上，激辯的領與袖

被過路的風隨手甩下樓

（齊宣王）曰：「臣弒其君可乎？」

（孟子）曰：「賊仁者謂之賊，賊義者謂之
殘；殘賊之人，謂之一夫。聞誅一夫紂矣。未聞弒君
也。」（《孟子‧梁惠王下‧第八節》）

我讀王勇這首詩聯想到數千年前孟子說過的這句
話。以現代的說法，孟子是贊成革命的，只要統治者
不是為人民謀福利的話就可以用暴力取而代之。

　　許多執政者打著「人民做主」的口號上臺後，卻變成了「你是民，我是主」，完全背離了當初的承諾。

　　有些執政者則是在選前開了許多空頭支票，選後不但是跳票，而且還大言不慚地繼續紙上談兵，這正是詩第一節詩寫的內容。王勇巧妙地把「領」與「袖」拆開，無論是引導還是指揮，其實都是毫無矛盾的，這種爭論也是沒有意義的，王勇不過是藉此嘲諷那些終日在國會殿堂裡吵吵鬧鬧的所謂「領袖」。

　　等待他們的將會是怎樣的結果呢？數千年前孟子的說法與數千年後王勇的詩想是不謀而合的，他們都將會被人民（風）唾棄。

　　不過，這首詩篇名頗令人費解，王勇為我們留下了可思辨的空間。

白靈〈詩是最好的情人〉

撚響星光，送十斤海濤
煮三兩風聲，鑄造最靜的吵

你在它身上用盡全力
而不虞受傷

　　為什麼詩是最好的情人？妻子和女兒又是什麼？
白靈這首詩讓我做了這樣的思考。

　　我們對親人用力過度，往往會彼此受傷，這是詩
沒說出來的意思。所以我們只好把關心他們的力度轉
移到詩身上，星光、海濤與風聲都是一種比喻，無論
你要怎樣，都不用擔心詩會受傷。

　　所以，詩是詩人最好的情人，詩人可以盡情地向
她發洩，不用擔心她會受傷。

白靈〈傘〉

你的笑似張開的傘，

是真的傘

傘本來就是真的，為什麼還要特別強調是「真」的？這就給人提供了許多思考的空間。

從型態上看，綻開的笑就像張開的傘。白靈藉著這「傘」要表達的是更深的涵義。傘在晴天時能遮陽，在雨天時能擋雨。而你的笑就似傘，只要你笑了，一切的不快都將煙消雲散，逃得無影無蹤。

你不笑時就似收起的傘，靜靜地伴著，可你真的是存在的，你隨時隨地都會張開，笑著給予力量，你是生命中的傘，是真的傘，真的……愛不需太多的言語，一切就在傘的開合之間流動著。

　　其實，我們也可以從另一個「反諷」的角度來理解詩中所說的「真的」，為什麼要特別強調是真的，這是否暗示著這是一種假笑，這就要看讀詩的人如何切入了。

白靈〈捲尺〉

旅行是由眼睛抽出捲尺
不出門看不到距離的刻度

完了，胸襟是抽不盡的捲尺
從一座城抽出另一座城

詩第一節是為第二節鋪墊。

第一節出現的「旅行」和「距離」是為第二節詩
的主旨——胸襟做解釋。

捲尺平時是捲起來看不見的，所以抽出來後，藉
著「旅行」，眼睛才會看見刻度。這是否暗示著見多
世面的人胸襟自然寬廣。

「胸襟是抽不盡的捲尺」，人的胸襟可以是沒有

底線的，就像宰相肚裡能撐船一樣，不過白靈進一步
豐富了它的詩想，他說胸襟可以「從一座城抽出一座
城」，它不但有了寬度，也有了深度。

　　「捲尺」可拉出變長，又可以立即收回去，也可
以沉默不動，這是胸襟另一層的含義。

白靈〈孤磚〉

　　一塊沒被砌上牆的磚頭
　　蹲在地上，是自由的

　　或該是悲哀的
　　做著被狂風吹上牆頭的夢？

　　我以為這首詩具有政治隱喻。

　　如果這塊磚指的是臺灣，不只是對岸，即使是島內也有許多人會認為她應該是屬於這面牆的一部分。

　　白靈給這些人做了一個很好的對比。即使是一塊流落在外的孤磚，但還是自由的，可以隨心所欲、自如自在，最重要的是不會在被砌上牆後失去原來的特色與本性。

　　蹲在地上的磚可以挺直腰桿子來迎接陽光和接受風雨的滋潤，這是那些已經接受統一編制的磚頭不敢想的夢。

　　詩的第二節有兩個含義：

　　第一，那些在島內終日做著被狂風吹上牆頭夢的人，活著是悲哀的，因為這是不可能的事。

　　第二，香港是入牆的前車之鑑，臺灣的實際情況與香港不同，白靈藉著如此的詩寫，是要告誡那些人切莫不要繼續做著「吹上牆頭的夢」，因為那是很可悲的一件事。

季閒〈苦思〉

> 窗邊獨酌，獨自
> 啃掉一支鴨頭
> 詩沒想出半句，骨頭
> 倒是吐了一桌

　　自古以來，「苦思」就是詩詞創作的一種途徑。唐代苦吟詩人賈島就是苦思學派的一個代表詩人。當人的思緒高度專注於某一方面時，平日極平常，不在乎的事物都可能成為觸發靈思的一種可能。鍾嶸《詩品》中提到謝靈運的名句「池塘生春草，園柳變鳴禽」就是苦思之後豁然貫通的結果。

　　季閒這首詩富有趣味性。初看時，他說啃掉一支鴨頭，骨頭吐了一桌，詩沒想出半句，他藉此是要來

　　詩寫自己「苦思」的苦悶。實際上，他是「骨鯁在喉，不吐不快」，這首詩就是苦思後，靈光一現的結果。

　　季閒通過實際的詩寫給「苦思」寫了一首好詩。

林錦成〈望穿秋水〉

　　樹枝是鳥的眺望臺

　　一隻綠繡眼在招手

　　怎麼辦？

　　一隻塗鴉棲息在B5的紙張上

　　這是一種寫詩的困境嗎？把眼睛都看穿了，還是不見靈感的蹤影。

　　詩人使用裡外對比的寫法來表達他的詩想。窗外有一隻綠繡眼在向他招手，窗內寫詩的詩人正一籌莫展地看著這隻向他示威的小鳥。

　　怎麼辦？

　　詩人在這個情境中獲得了寫詩的靈感，把他沒有靈感寫詩的事寫成了一首詩。

林秀蓉〈最後一哩〉

花瓣，遠方
不需完美的翅膀
拍拍恆溫的勇氣
我夢想，飛越時空

我感受著詩傳送出的正能量。

中國已故詩人汪國真（1956年－2015年）曾經
有一句名言：「既然選擇了遠方／便只顧風雨兼程」
（〈熱愛生命〉）。為什麼要到遠方去？因為「熟悉
的地方沒有風景」（〈旅行〉）。

這首詩給了那些決定要到遠方去的人莫大的鼓
勵。不需完美的翅膀，只要有勇氣和夢想，就能飛越
時空，到遠方去。

　　也許未知的路程只剩下最後一哩，絕不能輕易放棄，加油！

明靜〈化妝〉

乾澀的風景失去靈感
髮間墨色不甘留白
妳想在初秋的唇角寫詩

關於……歲月

這首詩有兩層詩義：

一、詩人借用了「靈感」、「留白」與「寫詩」
　　來詩寫化妝。美人遲暮了，面容無法再讓人
　　產生衝動，她不甘髮間留白，所以即使人到
　　中年也要如「詩」一樣讓人充滿想像力。

二、沒有內涵的女人靠的是皮相的化妝，經不起
　　歲月的考驗。真正的美人用「詩」裝扮自

己，不懼歲月，因為自己就是一首百讀不厭
的詩。

黃里〈同志〉

在遍體鱗傷的

摸索裡尋找

相同位置的那一顆痣

　　同志是社會上少數的弱勢團體，一般人都很難接受他們。他們只能相濡以沫，活在自己的世界裡。

　　這首詩反映的正是他們的一種處境。

　　要在遍體鱗傷的身體裡，尋找同一位置的那一顆「痣」，談何容易？要在普遍被人歧視，需要隱瞞真實身分的社會裡，找到「志同道合」的同志更是不容易。為什麼會這樣？詩沒說，留下這個讓你思考的問題。

相同位置的那一顆痣

似乎是另有所指，這也是詩人在考驗你的領悟力。

葉莎〈回憶錄〉

　　　　至破皮，放血，刮骨之
　　　　前一日或更早之前
　　　　以忍。或
　　　　忍不住

　　「破皮」是表面受傷，我把它理解成一種靈感的來源，生命某處受傷了，觸發了寫詩的衝動。「放血」就是受壓抑的情感從這突破點盡情地宣洩出來，「刮骨」療傷，這是詩觸到了心的最深處，靈魂獲得了安慰。

　　　　前一日或更早之前
　　　　以忍。或

忍不住

　　當詩人的情緒累積到飽和狀態時，自然就會要釋放出來，即使要忍也忍不住。

　　私以為這是寫詩的過程。我相信詩是詩人的傷口，當傷口變成出口後，這傷口就會長出翅膀。

曾耀德〈榮民之家〉

　　窗外的窗外

　　有看不見的故鄉

　　窗內的窗內

　　有陪我一起走向盡頭的老鄉

　　詩以內外的對比來突出遠近的距離，讓我們讀後產生一種歲月的滄桑感。

　　窗內望著窗外，窗外的窗外是他們回不去的故鄉，那是多麼的遙遠又是這麼的近。空間形成的距離一直不變，但時間的距離卻不停地在縮短，所以越發讓人感傷。

　　最後只剩下那些留在窗內的窗內的老鄉一起陪著走向人生的盡頭。

　　是誰把他們留在窗內？這是詩最終要人思考的
問題。

寧靜海〈甦〉

那夢乍然翻身，萌萌噠

雪只好軟化自己

你的眼窩長出了春天

我在其上

　　　　2017.09.18借膽對詩白靈老師的〈悟〉

這首詩是順著白靈的〈悟〉來寫的。原文如下：

那是不醒的長夢在尋找的

一雙眼眸嗎？突地一睜

你是被春搜尋最最後照亮的

那片雪

　　詩中的「突地一睜」就是「頓悟」。長夢中的眼眸突然醒了過來，看見了春天，亮了原本所處的黑暗。

　　至於白靈詩寫的是什麼樣的「悟」？各人可以自我解讀。

　　寧靜海借用了原詩中的夢、眼睛、春與雪做了自己的延伸。她認為「悟」其實就是「甦」，生命有了新的希望。

　　睡夢中的自己翻身醒了，看見你眼中的春天，雪也軟化了，一切都是如此的美好。

　　你從中又悟到了什麼呢？

劉正偉〈創作人生〉

　　我是喁喁的蠶，書是精選的桑葉
　　詩，是我嘔心瀝血的絲

　　請用我精煉的絲，包裹孤獨成蛹
　　蛻變幻化成蛾，朝歷史的火焰勇敢撲去

　　「春蠶到死絲方盡」是唐李商隱〈無題之四〉中廣為流傳的一句詩。我以為這是詩隱藏著的深意，不過詩人卻賦予它新的含義。

　　我從三個層次來讀這首詩：

　　一、詩人讀書寫詩有如蠶吃桑葉吐絲，都是一種嘔心瀝血的過程。

　　二、蠶吐絲包裹「孤獨」成蛹。我的理解是詩人

　　惟有遠離喧嘩，不怕孤獨，方能成蛹，靜待
　　化身成蛾那天的到來。

三、詩最後引用了「飛蛾撲火」的典故。這裡引
　　申的應該是指詩人為了文字義無反顧，不言
　　放棄的精神。這種精神其實就類似「春蠶到
　　死絲方盡」要表達的意思，只是詩人追求的
　　是詩藝，至死也不渝。

這就是正偉詩寫自己的創作人生。

劉枝蓮〈母女〉

你教會我對鏡
我從鏡中走出
30歲50歲70歲
是你

　　太宗謂梁公曰：「以銅為鏡，可以正衣冠；以古為鏡，可以知興替；以人為鏡，可以明得失。朕嘗寶此三鏡，用防己過。今魏徵殂逝，遂亡一鏡矣。」

　　讀這首詩，我腦海裡就立即出現了這段話。

　　其實，母親就是我們人生中的明鏡，在成長的過程中，她教導了我們許多做人的道理，所以詩一開始就這樣寫著：

　　妳教會我「對鏡」

　　無論在什麼時候，我們都謹守著她的教導，希望
自己能夠與她一樣。所以詩接著是這樣寫的：

　　我從鏡中走出
　　30歲50歲70歲
　　是妳

蕓朵〈你近得好遠〉

你的手機把世界拉到身邊
把身邊的我推到世界邊緣

　　詩中的三組對比「近」與「遠」，「拉」與
「推」、「身邊」與「邊緣」，生動又具體地構成了
你我和手機的關係。

　　你我在一起時，你低頭顧著滑手機，雖然整個世
界都被手機拉到你身邊，但是你卻忽略了身邊的我，
手機取代了我，我被手機推到了世界的邊緣。

　　你是與我靠得很近，但你的心其實離我很遠很
遠，這是你的感覺，也是我的感覺。

蕭蕭〈相忘〉

　　雨落在江裡、落在湖裡

　　誰也記不得誰胖誰細

　　出泉涸，魚相與處於陸，相呴以濕，相濡以沫，不如相忘於江湖。（《莊子‧大宗師‧天運》）

　　這是「相忘」典故的由來，蕭蕭寫這首詩可能是由此獲得的靈感。

　　雨（魚）音相近，魚在乾涸的陸地上無處可逃，只好相互哈著水汽，把口沫抹在對方身上來保持濕潤。與眼前的困境相比，它們很懷念昔日雖在江湖中互不相識，卻又逍遙自在的生活。

　　從天上一起落下的雨又是怎樣的呢？這裡可以分兩個層次：

一、落在江或湖的雨會立即消失得無影無蹤，誰
　　也記不得誰胖誰細。

二、江的形狀一般是「細」長，湖的外貌似乎多
　　是圓「胖」，雨究竟會落在江或湖，是身
　　不由己的，最終誰也不會記得落入點誰胖
　　（湖）誰細（江）。

　　魚的「相忘」是緬懷過去的美好。雨的「相忘」
則是因為落入江湖，轉換身分後，各奔前程，誰也記
不得誰了。

　　人生不也正如此嗎？詩，沒說的永遠比說的多。

蕭蕭〈曾經落定〉

其實我不太關心塵灰
尤其是那些
即將揚飛的那些
即將在空之中翻轉、聚合或碎裂

　　我以為「曾經落定」是轉化自「塵埃落定」。這
是我讀這首詩的一個切入點。塵埃落定的意思是指事
情經過了很多曲折，終於有了結果。所以，一切都是
「已然」。

　　在這之前之後，隔著了一個所謂的「曾經」。詩
人關心的是結果，結果才是最重要的，何必執著於那
些雖在揚飛，但即將會落定的「塵灰」呢？

　　「翻轉、聚合或碎裂」指的正是這過程中曾經發

生過的各種激烈變化。

　　這是學者詩人蕭蕭截句其中的一種特色。

靈歌〈現代愚公〉

繞了一圈，他才發現

無法撼動分毫的大山

原來只是

海邊一座小小沙雕

何謂大？大山與天空相比，就小了！

何謂小？沙雕與沙粒相比，就大了！

　　現代愚公與寓言中愚公不同的是，後者相信只要有恆心與毅力，大山也可移掉。詩人更勝一籌的是，他繞了一圈，領悟到所謂大小都是心生的假像與幻相，就連整個宇宙世界也是一個假像，都是因緣和合而成。如果明白了這一點就不會有分別心，也不會再執著，就能放下一切。

後記

　　必需要感謝三個人，如果沒有他們，這本小書就不會與你見面。

　　第一個要感謝的是白靈，當初若不是他在臉書詩論壇點名，要我協助管理，我大概不會如此積極地參與「競寫截句」活動。最終還出版了兩本與截句有關的書籍。

　　截句是什麼？我開始時也與許多人一樣感到十分的陌生，尤其在面對許多不同的聲音時，我也曾經迷惑過，只好向蕭蕭和白靈請教，經他們多次詳盡的解釋後，才真正明白推廣截句的意義，自己也在不知不覺中愛上了截句。

　　因為要協助管理臉書詩論壇，回覆帖子時就不能輕描淡寫了！令我感到驚嘆的是雖然截句規定只能在

四行以內，形式上可以截舊作，也可以新創，但是詩人們發揮的詩想空間卻是遠遠超過四行，有些截句的重量甚至不亞於一首長詩。

這就讓我產生了一個詩念，我可以把原本準備回覆的文字寫得更深入與仔細，也許這能起一種拋磚引玉的效果，激發更多人對截句的興趣與探討。

在寫這些截句選讀的心得時，白靈是其中一個給予我最大幫助的人，我有時會把寫好的稿子給他看看，他都會即時提出意見指出錯誤。他為人十分厚道，即使我是過度解讀，他也不像有些人那樣給我難堪，只是提出另一種看法供我思考。

第二個要感謝的是蕭蕭，在臉書詩論壇競寫截句的高峰期，我幾乎每天都會在臉書敲他好幾次，而他也都會不厭其煩地回覆我，給我解惑，給予我最大的信心。

他也與白靈一樣，即使我是「錯」讀了他或其他人的詩作，他都給予我最大的包容。他惜字如金，回覆不長，卻都能擊中要害，讓我從中獲得啟發。

　　第三個要感謝的是劉正偉，正是因為他的指導，我的詩評才會比較符合標準。他與我亦師亦友，除了不斷糾正我格式與內容上的錯誤外，有時還潤飾我的文字，讓我的讀後心得更為完美。

　　你一定會發現在這五十篇精讀或簡讀的截句中，我會偏向於某些詩人。書中精讀的篇章都曾經在臉書詩論壇發表過。我選讀的都是自己喜歡的截句，特別是覺得能給讀者提供另一種「意想不到」的解讀時，我就會把它寫出來，不過有時候一不小心就會走火入魔，讓人覺得是過度解讀了。

　　當我把這些篇章收集成書後，也意識到這兩個偏差的問題。由於在閱讀這些自己喜歡的截句時，主觀性很強，選擇也不夠全面，所以才會取名《截句選讀/卡夫》。

　　書中這五十篇截句選讀心得，我都按照發表時的一些回應，或與原作者交流後得到的提示，逐篇加以修飾，有些幾乎是做了大幅度的修改。其實，經過一段時間沉澱後，對同一首詩的看法往往也會讀得更全

面與深入。

　　最後，再次感謝白靈和正偉答應給這本小書寫推薦序，也感謝你願意翻開它，與我一起悅讀卡夫喜歡的截句。

臺灣詩學25週年　截句詩系14　PG2001

截句選讀/卡夫

編　　著 / 卡　夫
責任編輯 / 林昕平
圖文排版 / 周妤靜
封面設計 / 楊廣榕

發 行 人 / 宋政坤
法律顧問 / 毛國樑　律師
出版發行 / 秀威資訊科技股份有限公司
　　　　　114台北市內湖區瑞光路76巷65號1樓
　　　　　電話：+886-2-2796-3638　傳真：+886-2-2796-1377
　　　　　http://www.showwe.com.tw
劃撥帳號 / 19563868　戶名：秀威資訊科技股份有限公司
　　　　　讀者服務信箱：service@showwe.com.tw
展售門市 / 國家書店（松江門市）
　　　　　104台北市中山區松江路209號1樓
　　　　　電話：+886-2-2518-0207　傳真：+886-2-2518-0778
網路訂購 / 秀威網路書店：http://store.showwe.tw
　　　　　國家網路書店：http://www.govbooks.com.tw

2017年12月　BOD一版
定價：240元
版權所有　翻印必究
本書如有缺頁、破損或裝訂錯誤，請寄回更換

國家圖書館出版品預行編目

截句選讀/卡夫 / 卡夫編著. -- 一版. -- 臺北市：
秀威資訊科技, 2017.12
　　面；　公分. -- (截句詩系；14)
BOD版
ISBN 978-986-326-507-8(平裝)

851.486　　　　　　　　　　106022837

讀者回函卡

感謝您購買本書，為提升服務品質，請填妥以下資料，將讀者回函卡直接寄回或傳真本公司，收到您的寶貴意見後，我們會收藏記錄及檢討，謝謝！
如您需要了解本公司最新出版書目、購書優惠或企劃活動，歡迎您上網查詢或下載相關資料：http:// www.showwe.com.tw

您購買的書名：_____

出生日期：_____年_____月_____日

學歷：□高中 (含) 以下　　□大專　　□研究所 (含) 以上

職業：□製造業　□金融業　□資訊業　□軍警　□傳播業　□自由業
　　　□服務業　□公務員　□教職　　□學生　□家管　　□其它_____

購書地點：□網路書店　□實體書店　□書展　□郵購　□贈閱　□其他

您從何得知本書的消息？

　□網路書店　□實體書店　□網路搜尋　□電子報　□書訊　□雜誌

　□傳播媒體　□親友推薦　□網站推薦　□部落格　□其他_____

您對本書的評價：(請填代號　1.非常滿意　2.滿意　3.尚可　4.再改進)

　封面設計____　版面編排____　內容____　文／譯筆____　價格____

讀完書後您覺得：

　□很有收穫　□有收穫　□收穫不多　□沒收穫

對我們的建議：_____

_____

_____

_____

11466
台北市內湖區瑞光路 76 巷 65 號 1 樓

秀威資訊科技股份有限公司 收

BOD 數位出版事業部

....

（請沿線對折寄回，謝謝！）

姓　　名：_____　年齡：_____　性別：□女　□男

郵遞區號：□□□□□

地　　址：_____

聯絡電話：(日) _____　(夜) _____

E-mail：_____